在最美的年华
遇见你

朱子夫 著

天津出版传媒集团

天津人民出版社

图书在版编目（CIP）数据

在最美的年华遇见你 / 朱子夫著. -- 天津 : 天津
人民出版社, 2018.5 （2025.6重印）
ISBN 978-7-201-13217-4

Ⅰ. ①在… Ⅱ. ①朱… Ⅲ. ①言情小说—中国—当代
Ⅳ. ①I247.5

中国版本图书馆CIP数据核字（2018）第073408号

在最美的年华遇见你
ZAI ZUIMEI DE NIANHUA YUJIAN NI
朱子夫　著

出　　版　天津人民出版社
出 版 人　黄　沛
地　　址　天津市和平区西康路35号康岳大厦
邮政编码　300051
网　　址　http://www.tjrmcbs.com
电子邮箱　tjrmcbs@126.com

责任编辑　张　凯
封面设计　马晓琴
制版印刷　三河市同力彩印有限公司
经　　销　新华书店
开　　本　660毫米×960毫米　1 /16
印　　张　17.75
字　　数　243千字
版次印次　2018年5月第1版　2025年6月第3次印刷
定　　价　62.80元

不知从什么时候开始，我发觉自己跪倒在芮馨的墓前，手中的伞，也不知被风吹向了何方，而她留给我的那本日记本，早被泪水淋湿了，我把它合起来揣入怀中，我感到心脏在胸口里飞快地碎裂开去……

一

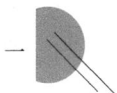

那时，游兰还在，高翔也还在，在那实习的人都还在；学友张还没有死，美女刘还没有辞职，痞子李还总是跟医院对着干，作家陈老师一直都很好，行为艺术家朱志清依旧对一切充满理想……

1

四川，W市。

好大的雪，车子在雪地里无力地呻吟。

"我到了，"坐在副驾驶上的小姑娘充满感谢地说，"谢谢你！没有你，我今天真回不来了。"

"你小心些，"我打开车门让她下了车，"回家吃点药，别感冒了。"

"知道啦，真的谢谢你，"她在外面搓了搓手，"就要进市区了，希望能找到你要找的人，"女孩对着手哈了口气，"总之，一切顺利。"

"呵呵，你走吧，太冷了。"

"好，欢迎你来我家玩，我家就在前面。"

"好的，你回去吧，再见。"

小姑娘十七八岁的年纪，是搭我车回来的，一路上有她在，倒也解了不少烦闷。看着她进了家门，我放心地离开了。

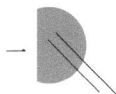

我孤身一人，一辆车，一个简单的旅行包，还有漫天风雪。

车内的空调坏了，我的手早冻得失去了知觉，放在腿上的暖水袋也早结了一层薄冰，暖水袋是芮馨给买的。

几年了？

好像是五年前了。

五年前的暖水袋，此刻仍被我随身携带；而五年前的友人，有的上了天堂，有的下了地狱，有的不知身在何处，只有我知道自己，逝去的生命，有时真比不上这几十元一个的暖水袋。

"短短五年，我的头发白了，我看到我的头发白了。"实习快结束的一天，喝得东倒西歪的周功嘴里嚼着山珍海味，一只手搭在我的肩膀上说，"五年啊，这么快，也不知道五年以后的我又会变成什么样。"

漫天风雪，灰色世界。

第一幢灰色的楼，第二幢灰色的楼……

"我的世界是灰色的，"芮馨的日记本上有这样的话，"我看不到未来，我的前途并不光明，我适应不了这种社会，它让我崩溃……"

五年前的芮馨，对什么都不抱希望。

而现在的芮馨，对这个世界的看法有没有发生点改变？

2

那时，大家都还在。而对于我们来说，那还是个冲动的年代，特别是高翔，冲动起来就跟什么似的，所以，跟他好了两年多的游兰最终选择跟他分手。我也一样，曾冲动地对芮馨说，为了她我什么都愿意，甚至是我这条老命。

那是一家坐落在成都市远郊的小医院，小得出乎我们意料，全院职工加起来都没超过100人，医院没有CT，更不用说别的更高档的检查仪器了，但听说效益还不错，因为地处城乡接合部，所以各种乌七八糟的事情都时有发生，治安管理方面就没市中心那么严，但没有特殊的疾病患者，因为医院没有接收特殊病人的能力——如果真有这类病人，也会让他迅速转院。

住宿条件也极差，我们一到，便被扔到几间非常狭小的屋子里，跟我和周功同宿舍的，还有卫校的两个实习生。

他们就是流氓高翔和酒鬼杨臻。

"嗨，你们好！"

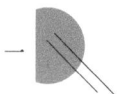

我们把行李扔进宿舍时，他俩异口同声地和我们打招呼，同时热情而又手忙脚乱地为我们收拾床铺安放行李。

"这是人住的地方吗？"周功最先发起牢骚，"我说哥们，这是人住的地方吗？"

"没办法啊，我们都来好一段时间了。对了，咱们来这多久了？"高翔问一旁的杨臻。

"记不得了，几个星期了吧……"杨臻说这话时面红耳赤浑身酒气。

"我可没把自己当人。"高翔补充说。

"感觉怎么样啊？"周功问他们，"医生怎么样？病人多不？"

"很好啊，"两人异口同声地说，"医生都还不错，不然早走了。"

"是啊，"高翔还说，"好好上班就是了，只要你想学，有你学不完的。"

——好好上班？

我笑了起来，现在回头想想，全是废话，这俩哥们一年到头没上几天班。

现在，我有必要把这里的几位老师介绍一下。

美女刘（刘医生），B超室的。

"你说我？"

她在我对面坐下，眼睛又开始发笑了。

"你说我？"她重复了一遍，"我可是我们那所大学的校花呢，现在又是这家医院唯一公认的美人。"

　　"你真的很美，"我由衷地说，"如果我跟你差不多年纪，我一定追你。"

　　"呵呵！"

　　她笑了起来，这回是连同脸在笑，这让我想起阳光照耀下的百合，以及那奔腾的流水，那沸腾的魂魄。

　　"我说真的，"我认真了，她这样说我真有点紧张，"你说句真话，如果我真追你，你会不会给我机会？"

　　"你？你说你？！"

　　她开始狂笑了，把满嘴雪白的牙齿全露了出来，这点跟芮馨恰恰相反，芮馨的笑，从不露齿。

　　"你什么你！"她止住了狂笑，不屑地看着我，"屁大点娃娃！"

　　这人一直把我当小弟弟，这让我多少有点不爽。

　　"把我当朋友嘛，行不？"有一次我对她说。

　　"屁大点娃娃。"她还是那句话。

　　嘿，这样的一个女人，一个眼睛会笑的女人，一个美丽聪明、活泼大方的女人。

　　这是刘医生五年前留给我的最深印象。

　　李医生。

　　刘医生的哥们李医生，我们习惯称他为痞子李，他是这家医院唯一不怕院长的角儿。

　　我五年前认识他的时候，他快三十岁了，可平日里的言行举止还跟我们这些没毕业的娃娃差不多，在我们快要毕业时，他为了我去砍了别人。

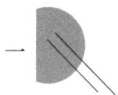

"美女刘？"他搔搔脑袋，好一会才反应过来，"你说刘医生？"

他把病人送出门外，把脑袋伏在办公桌上。

直觉告诉我，五年不见，他像变了一个人，没有五年前浑身散发着的那股灵气，和那舍我其谁的傲气——他变得有点木讷，夸张点说有点像鲁迅笔下的闰土。

"我不知道，五年前走了就没有回来。"

"你好像学乖了，"我拍拍他的肩膀，"五年前你可不是这样的啊！"

"没办法，被生活逼的。"

"对了，那次砍了人……医院怎么还要你？"

"作家陈帮的忙。"

"现在怎么样？"

"甭提了，哎，说说你吧。"

……

作家陈。

医院办公室的，是我妈妈那一代的人，因是长辈，所以我在提到她的时候，就特别注意，生怕一不小心就对她造成不敬。

有幸认识作家陈，是拜美女刘所赐，曾经我也是位文艺青年，一听别人说到"作家"这貌似高大上的职业浑身便似打了鸡血一般，而在我认识了陈老师以后，才知道这破医院原来还是个卧虎藏龙之地，因为我在认识这人之前，就看过她写的许多文章，包括小说、评论、杂文、诗歌什么的，暗地里多次对这人竖过大拇指。

"呵，写作，是我精神的放纵……"

第一次见面时她是这样说的。

第二次见面，明显有些愤愤不平："为了生活，我的作品难登大雅之堂；为了文学，我面临的将是饿死……"

出于对长辈的敬重，我跟作家陈一直保持很单纯的师生关系。在她面前，我学到不少在学校学不到的东西，不过后来我才知道，今天我要讲的那个女主角，这个故事中我爱过的人，也算是圈子里的人物。

"小刘？刘医生吗？她很好的，儿子都两岁了。"作家陈给我倒了杯水，"不过我们很少联系了，她也不愿再回来。"

我有点激动，五年把一位中年妇女变得霜染两鬓。

"对了，说说你吧。"

……

以上三人是我在那家医院最好的朋友，我们相互尊重，亦师亦友，如果少了他们，我那年的生活，将失去百分之八十的色彩。

那时候，应该说，在学友张出现之前，他们都很好，只是，我认识他们时，我已在那家医院晃悠了快两个月了。

而我对芮馨那不堪回首的爱慕，却一直没什么结果，因为，直到现在我都还不了解芮馨这个人。

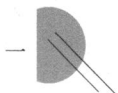

3

实习首先到的是外科，外科主任是个貌似七十多岁但实际年龄只有五十岁的和蔼老头，我这才明白什么叫医生是越老越香。主任把我分给一位姓丁的医生带，我看了一眼贴在办公室门口的医生照片，但见长发及腰，心里便嘀咕起来："怎么是个娘们？"过了一会主任忽然喊我，说你老师做完手术回办公室了，你去跟他交流交流。我忙跑到医生办公室，却没见一个长发及腰的女医生，便又跑到手术室，不一会就出来三个男外科医生，随后接受手术的病人也被推出病房，但就是没见那姓丁的女医生出来，我便站在门口喊："丁医生，外科主任喊你！"丁医生没喊出来，麻醉科主任倒屁颠屁颠跑出来了，我说，我找丁医生！他看了我一眼，笑了："你是找外科主任吗？"我有些不好意思地说："我找她有急事。"

"他不是刚下去吗？"他说。

我又跑到外科，主任问我，找到你老师了吗？我摇头。

"你再去看看，就说今天提前领薪水呢。"他朝我眨眨眼睛，"这是个好老师！"

"还是您带我去吧。"我说。

"好，"他拉起我，同时抱怨了一句，"这臭小子！"

他把我带到医生办公室，在门口他吼："丁涛，这学生就交给你了！"

我正瞪圆了眼睛看到底哪个是我的丁涛老师呢，却不料坐在门口的一位满脸络腮胡子的大汉应了一声，"咻"地站起身来。

"好，好。"他一面咧开大嘴冲着我笑，一面伸出手来。

我心里一乐——原来是个大胡子，怎么照片上会是长发齐腰？忙跑到办公室门口看，没错，就是他，可他那头发也太夸张了吧，一点不注意形象。

"过来！"他冲我招手。

我忙理了理白大褂，恭恭敬敬地站到他身后。

"哪个学校毕业的？"

"北京F大学。"

他又笑，那嘴真大，里面是满嘴的黄牙。

谢天谢地，这家伙没有口臭。

此后就教我熟悉病历、抄写处方、修改医嘱、病人换药什么的。一天下来，东西还真学到不少，虽然累得筋疲力尽但也值得。

这姓丁的医生以前闹过许多笑话，他跟我讲他多年前实习期间的一些窝囊事，他说他曾用肩膀扛过手术车，那件事情发生后不到一分钟就在医院里传得沸沸扬扬，他老师说他脑子不够用。还有一次，他老师喊他为一个女病号数脉搏，他竟然把手伸向那女人的胸部……类似的事情

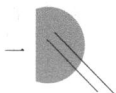

多了去，他也一度怀疑自己是不是真的脑子不够用，但后来他发现，事实并非如此。

"但当时你是怎么想的呢？"

"当时？"他停下手中的笔，抬头看着我，"当时并没有想什么，就是太紧张了，如果我能稍微镇静一点，就不会闹出那么多的笑话了，那家医院没有电梯呀，县级医院嘛，而我又是刚到医院，我不知道怎样把那手术车弄到一楼去，后来我只得把它扛起来，从狭窄的楼梯下去，可我人又太小，那时我长得面黄肌瘦，所以那手术车就抬不下去，被卡在楼梯门口了。我老师当时可能就想，我那笨蛋徒弟怎么去了那么久也不见下来，不会是出了什么事吧？于是就上来找我，你猜他看到我后说的第一句话是什么？他朝我吼：'小丁，你给老子滚回家去！'我老师对我很严格，可以说，很多时候是不讲道理和情面的，说实话，如果他对我稍微和气一点，能让我缓解一下内心的紧张，我就不会闹出那么多的笑话了，他越对我那样我就越紧张。就说数脉搏那次吧，我也知道要在手腕数，但后来不知为何就把手伸向那漂亮女孩的胸部了……我老师也曾无数次在别人面前羞辱我、嘲笑我……唉，说实话，我在那医院除了被羞辱、被嘲笑以外什么也没得到，如果硬要说我得到了什么，那就是——"他顿了顿，喝了口水，掏出一根烟点燃了，继续说："就是——我在羞辱和嘲笑声中勇敢地抬起头来。我变得坚强了，而且越来越坚强，别人可以看不起我，可我——"他把目光移向我，"我不可以看不起我自己。我这人有时有点阿Q精神，很多时候我一直这样对自己说，我老师那样辱骂我、那样嘲笑我是为了激发我的上进心。当然，他本人并不是这样想，这只是我一种可怜的自我安慰，我认为，现实生活中就应该学会自我安慰。记住，自我安慰是为了防止自暴自弃。"

"从那家医院实习结束后我便分到一家县级医院工作，工作一年后我便接到了现在的中山医科大学硕士研究生的录取通知书，十年以后，我以硕士生导师的身份应邀到中山医科大学演讲，我看到当年的老师坐在台下听得津津有味，而几年前，四十几岁的他在成都医学院读研究生，我成了他的导师，这叫'士别三日，当刮目相看'。现在回想起来，我真应该感谢我那老师，没有他对我的羞辱嘲笑，就没有我的坚强，没有我的今天……"

他站起身，把快燃尽的烟蒂扔进烟灰缸，"你比当年的我强多了，好好干！"

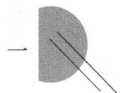

4

隔壁的307宿舍住的是卫校的6位女生，对门的308宿舍住的是我们那3位异性校友。平时没事的时候老往女生宿舍跑，卫校那几位是自己做饭。有时没钱了，或是不想到外面吃，我就跑过去蹭她们几顿饭，但次数多了，她们倒没说什么，自己却先不好意思起来，便总抢着为她们做些力所能及的事，一来二去，和所有的女生都混得很熟。我就是在这个时候认识游兰的，游兰人长得也很漂亮。在认识了美女刘之后，有时晚上睡不着，我和高翔他们就为这所医院的美女排名，第一名是美女刘，第二名就是游兰，第三名是周功的女朋友杨雪，第四名才是芮馨。游兰说话有一种动听的西双版纳口音，我和她之间没有发生什么，但我总会想起她来——这个有点内向的漂亮姑娘。

和她相识的经过是这样的，其实在此之前我并没有去过她们宿舍，所以说，她也是我认识的第一个卫校女生。

好像是在一个晚上，我刚要躺下，高翔进来，说："你怎么不去隔壁聊聊？去认识一下嘛，我们同学，挺好的。"我问聊什么？他说：

"现在当然只是随便聊聊，以后可能就会有戏。"

"正点不？"我问。

"比起这破医院的臭护士，还可以吧。"他说着走了出去，到了门口又回过头来，"快点，晚了可来不及，最近有几个傻小子天天来，像发了情的动物似的。"

我被他说得动心了，便下床来跟了过去。

307是很大的一间宿舍，共住了6个人，见我进来，其中有一个——好像是穿绿色T恤黑色牛仔裤的先鼓起掌来，口中还说"这可是贵客呢，以前从没来过"，于是有几个人就一起跟着鼓起掌来。

我看了那起哄的人一眼，怎么像个黑炭一样？本来人就黑，再加上那身死气沉沉的打扮，我不由皱起眉头。然后我的目光从她身上移了开去，就看见游兰了，她坐在那黑炭的身边，没说话，冷冷的。当我的目光移到她脸上时，才发现她也在盯着我，于是我们的目光就这么对接了最少五秒钟，然后我在一张没人的空床上坐了下来，面无表情地听她们海侃，但听了好一会也没听清她们是在侃些什么，因为我的注意力全被游兰给分散了，她真的很冷——但似乎又不是，仿佛有一些心事一样。

"哎——"过了一会她竟然坐到我身边来了。

"嗨。"

"我说，你怎么没有话呢？"她问我。

"你呢？你怎么没有话呢？"我笑了笑，重复她的话。

"我？"她搔搔脑袋，"我说，我觉得你有点像我哥哥。"

"哦？那以后你见到我记得喊哥。"

后来她就告诉我她是云南西双版纳来的，我就说你会版纳腔吗？她说会，然后就用版纳话跟我交谈。记得当时还开了她几句玩笑，似乎也挺谈得来，慢慢地她竟笑起来了，直到最后，她们要休息了我们告辞出来，她才说她叫游兰。

我们的认识就是这样，很平常，后来发生了一些事情，用她之前的男朋友高翔的话来说，文航跟游兰是真的好上了！不过我们从始至终都没有好过，说不清我和她到底是一种什么样的关系，不像普通的朋友，倒真有点像兄妹。

而更重要的是，几天后芮馨也来了，她来得无声无息。

"无声无息，像思念的味道。"

这是游兰说的，那时我们还没毕业，高翔还没走，游兰也还没走。

二

我在不远处呆立了几秒钟，随后便看见高翔一拳挥打在阿飞的脸上，阿飞好不容易反应过来时脸上早挨了一下，高翔第二次挥起拳头时阿飞的脚也飞快地踹了过来，之后便看见高翔捂着肚子蹲了下去。

1

一个半月的时间眨眼过去，生活倒也过得充实。上班，遇到病人处理一下；没病人，看看报，或是和老师胡侃一通。下班了，又混到女生宿舍，活也活得轻松逍遥，没有想过明天，没有想过将来——如果，日子能天天这样过那该多好！

芮馨来的那天我不知怎么搞的，竟然睡过了头，本来还不会醒的，后来是窗外火辣的太阳无情地烤醒了我，然后我又在床上呆坐了好一会儿，脑子里一片混乱。待我好不容易清醒过来，才知道早过了打卡时间，只得打电话请了假，随后起床上了个厕所回来又想躺下，但最终没能躺下，因为整张床烫得像要起火。于是便出了宿舍站在走廊上，静静地享受着从窗口吹进来的阵阵微凉。

也不知过了多长时间，我的思绪被一阵轻微的脚步声给拉了回来，跟着就听见一个男人的声音，"这就是你们F大学的女生宿舍，我先把你安排在这里，你要待不习惯就来找我。"跟着就是一个女人的声音淡淡地说："好，多谢老师！"

我回过头，就看见她了。

"怎么想起来这里实习呢？"

我好不容易反应过来了，冲她笑笑，走到她身旁："你跟我说话？"

她回过头来，皱着眉头。

"是啊，"我说，"是这样，离校那天我去找你，可你们同学说你走了。"

"哦。"

"是呀。"我搓了搓手，紧张让我有些语无伦次。

"我就是想不明白，怎么老是遇到你。"

我一下子傻在门口，呆呆地看着她推开门，然后走了进去。

回过神后，我拎着她沉重的行李跟了进去。

默默地帮她把行李放在唯一的一张空床上，之后扫了扫床板，一声不吭地从行李袋里拿出床单。

"你干什么？"她问我。

我没理她，继续把床单往床板上铺。

"我自己来！"她吼了一声，夺过我手里的床单，"你出去！"

"我先休息一下。"她又说。

我看了她一眼，她冷漠的眼光也正瞪着我，我转过头看了看窗外的天空，有一朵乌云正朝这边压来。

"那好吧，"我说，"我过去了，你明天就到外科报到，我会给主任打声招呼，我就住在对面，有什么需要就喊我。"

我默默地走出她的宿舍，在我将要跨出门槛的时候，走廊上的窗子忽然一阵响动，跟着刮起一股强风，背后的门也随着风声"砰"的一声关上了。

这就是我跟她的再次见面，在以后很长一段日子里，我总会想起这件事，有时甚至觉得自己有了心里阴影。但除了我和她，没人知道这件事，不然，男人会说我没骨气，女人就更加唾弃我了，有时我也骂自己，怎么这么没有尊严——是啊，当时的我像极了一条摇尾乞怜的狗。

2

云帆打电话来，问我好不好，我一连说了十几个好，也问她好不好，她也一连说了十几个好，然后我告诉她，芮馨来了。

芮馨和云帆在大学时曾是最好的朋友，她们相识在大一的一次学校运动会上，那天云帆参加了两千米，快跑完的时候昏倒了，是一直离跑道不远的芮馨扶住了她，此后一直到大二下学期，这俩人都一直形影不离，起初我还以为两人是同性恋。到大二下学期我介入后，芮馨也知道我对她没安好心，她俩才相互疏远了些。

"抓紧啊，"云帆在那边说，"加油啊，我可得帮帮你，说，要怎么帮你？"

"你？算了吧，你别帮我倒忙就谢天谢地了。"

大二的时候，云帆也说要帮我忙，并为此做了许多努力，比如充当户口调查员，充当冒牌红娘，不过她的努力并没有给我带来哪怕一丝丝的效果，相反到最后却让芮馨把我看作透明人一样。

天冷就烤电炉，天热穿长裙从不穿短裙，吃雪糕。家庭成员有老爸老妈哥哥嫂嫂外加一只猫，老爸有点小钱，是属于改革开放后第一批富起来的，爱吃洋芋苹果橘子玉米，不爱吃肉；爱看电影爱打网球爱看小说最爱看世界名著，从不唱歌从不跳舞还滴酒不沾，朋友不多仅有几个就是知己，男朋友有过一个，不过是流氓一个，芮馨从不给他好脸色，然后就分了，分手后的芮馨笑得很开心，我也为她开心，因为那男的整个一个流氓……哎，不过这人可清高着呢，写书的，知道吗？几十万字的长篇大论，唰唰唰几下搞出来，有不少还搬上电视进了电影院，怎么样？怕不怕？跟她在一起，要承受得住压力。

这是云帆在大二时跟我说的。

"这人跟你挺般配，你一定不能放过了，她是典型的刀子嘴豆腐心，你对她怎样她会记在心里，你对她好她就会加倍对你好，你对她不好她也无所谓，有时心情会烦躁一些，那没事，就当她大姨妈来了。一句话，这样的女人，打着灯笼都找不到，不过话叮说明了，你可得诚心诚意对她，你要对不起她，一定不得好死，我第一个废了你！"

3

芮馨静静地躺在床上，悬在空中的高渗糖液在不紧不慢地滴着，我端了一大碗糖水坐在床边，默默地等着她"醒"来——其实她早就醒了，只是没睁开眼而已。

今天中午她收到个必须立即手术的危重病人，当时我正在吃着午饭，忽然听见丁老师在二楼喊我，我便知道来危重病人了。我扔下饭碗跑到手术室，见丁老师和主任他们早在手术台上忙得满头大汗了。这是个原本身上揣了几个小钱可此时被砍得浑身是伤的冤大头，身上的钱也被抢劫一空，那刀子从左侧第6、7肋间斜穿向下，通过肺叶、膈肌、进入腹腔后刺破肠管，然后还把脾脏弄了两个要命的窟窿，总之冤透了，听说那钱还是刚跟朋友借的。

首先是缝补脾脏，这该死的脾脏缝了将近一个小时，但缝起后又被撕破，撕破后又用了近半个小时把它缝起，但最终还是撕破了。最后，这几位据说有二十几年临床经验的外科专家只能边骂娘边垂头丧气地切脾，切脾后又碰上肾蒂出血，所以处理这肾蒂又用了近1个小时，之后才打开胸腔处理肺脏，这里又用了近一个小时，然后缝补膈肌，同时维持胸腔张力，这又用了半个多小时，听说随后就要固定肋骨缝补肠道了。可就在这时，就在这千万不能出事的关键时刻，我那芮馨同学却突然人品大爆发，不管三七二十一醉酒般往后直挺挺倒去。之前原本站在我左侧的她正专心致志地拿了吸引器抽吸病人腹腔的液体，可能是天气太热也可能因为这是她第一次上手术台的缘故，我看她额头上不断冒出豆大的汗珠，我就说让我来吧，你到外面休息一下，于是她就把那吸引器交到我手里。可我还没来得及吸个痛快，却见她脑袋忽然往后一仰，同时整个躯体便酒醉般往后面倒，而双手就不顾一切地来扶我的肩膀。我在诧异之余一下子反应过来有点不对劲，一边急急地问你是怎么了，一边腾出双手抱住了她，然后慌忙背起她赶到急诊科，才知道这人有点低血糖。

我默默地看着她，她已经来这里一个多星期了，但还是那冷若冰霜目中无人的派头，平时一声不吭地上班，老师和她讲话她也是爱理不理的，更不用说会主动与人交谈，对什么事情都是那样的漠不关心，平时看点书，看的都是世界名著。

"对不起……"她忽然说，"那个病人没事吧？"

"手术成功了，你不用担心。"

她默默地点点头，眼泪却争先恐后地从眼角涌了出来。

"别难过，低血糖而已。"我说，同时心里却紧张起来，我可没想过她会流泪，我一直以为她是那种没有感情的人。

"喝点水吧。"我把糖水送到她嘴边。

她没说话，却把脑袋往里一偏，抽泣起来。

这下我更紧张了，我这人最看不得女人哭，记得高二的时候，有一次我看见一个陌生女子蹲在大街上哭得撕心裂肺，我便忍不住上前去安慰她，没想到，那人不但停止了哭泣，而且还吹鼻子瞪眼冲我发火。从那以后我再也不敢随便安慰别人了。就像现在，其实我心里有许多话想说，但就是说不出来，所以，我也只能无措地坐在一旁看她压抑地发泄。

她最少抽泣了两个小时，然后她终于主动说，她想看电影，还说如果我也想看的话，可以陪她去。她那语气，倒像是我求她去看似的，但我还是高兴地答应了，我甚至激动地暗示自己，这或许是一段故事的开始呢。

因为附近没有电影院，我只能带她到网上看，我问她喜欢看哪类影片，她的脸莫名红了，我想了想，便为她下载了一部国外的爱情片。之后，她仿佛忘记了刚才的不快，脸上的阴云也随着影片情节的展开而逐渐舒展开来，最后消失不见。

网吧背后是一个小小的花园，两个小时后我们出了网吧，她说她想到里面走走，如果我觉得烦了可以先回去。我当然高兴地说我非常愿意陪她进去走走，她皱着眉头看了我一眼，没说什么就自个儿走了进去。我又在门口愣了几秒钟，还是跟了进去。里面有几间小亭子，亭子下面是一汪死水，水塘边用木牌写了"水深两米"四个醒目的大字，可能是在告诉人们，如果想寻死最好到别的地方去，两米深的水绝对淹不死人；当然也可能是提醒大家，想游泳的话尽管来，这里绝不会发生死亡事件。听说里面还有鱼，那就是说游客们如果没钱了也不要紧，因为这里有海味，听说这里鱼还真不少，所以说，想在这里饿死是绝对不可能的。

四周砌了砖墙，高也是两米，墙头嵌了些碎玻璃片，青面獠牙的碎玻璃片在火辣的阳光下闪着愉快的光，这耀眼而恐怖的光仿佛在告诉人们，小子，不买门票甭想进里面玩，不想落个半死不活的下场就别往这里爬，里面又没有桃子。当然，想找死的就例外，不过，若是真爬墙摔死了本花园一律不承担责任。

栽的植物大多是竹子，也有几棵不大不小的盘龙松，另外就是小花小草什么的。竹子是我的最爱，松树也喜欢，因为我的家乡漫山遍野都是竹子松树。还有一座小石拱桥，桥下是路而不是水更不会是河，不知是哪个愚蠢的家伙设计的愚蠢的路上的桥，又不是鹊桥。此时，还有一个五六岁的小家伙站在桥头，冲着我一边傻笑一边准备尿尿。我也朝他咧嘴一笑，却没料到这小子"嘘"了一声，同时一条优美的液体曲线就喷了出来。另外还有几个秋千，芮馨看到后愉快地坐了上去，我没荡过秋千，但对这种不用学就会的弱智游戏我从来都不屑一顾。

我似乎讲了许多不必要讲的废话，此刻的我非常想找个话题来聊，但我翻遍了我整个脑袋还是找不到一个可聊的话题。我只能小心翼翼地跟在芮馨后面，她是那样的冷漠，冷漠到零下一万摄氏度——这是个什么样的温度？我想这可能就是能把整个宇宙凝为一块冰的温度。

4

我想揍那个男人，那个跟着芮馨回医院的男人，我对高翔说。

芮馨竟然会从外面带这样一个男人回来。这是个什么样的男人啊，一个典型的没见过世面的小混混，二十岁左右，上身是牛仔，下身是西裤，还打了领带，脚上却穿了球鞋，不伦不类没救了。

"要带就带个比我强的回来啊，"我在宿舍里气得骂娘，"这哪还有天理啊，你怎么说也是一作家啊，竟然带个无赖阿飞……"

"这什么人啊，"高翔说，"揍他！"

"对，揍他！非得让他爬着离开！"说着，我爬下床来，"高翔你走不走？！"

"走呀！"他说着跳下床，"他还想不想活了？！"

我俩骂着出了医院，在公交车站停住了，高翔叼起一根烟，"你那梦中情人也没什么了不起的，你看她那品味。"

我蹲下身子，看着外面街道上来往的车辆，思绪回到了几年前。

还记得大二的一天晚上，我看到我心爱的女人——芮馨，被一个男人拥在怀里。附近有家电影院，本来我和张扬是打算去看电影的，但就在电影院门口，我远远地看见了她和他，然后我飞快拉起张扬疯了似的跑；大四的一天，云帆告诉我说，你爱的那个芮馨其实是个比小四都知名的作家，我听了后特失落，而且觉得从没这么失落过，我曾对张扬说就算张扬你死了我也不会这么难过；后来又有一天云帆又对我说芮馨和那男的分了，说我的机会又来了，但我没有行动，那时我想不管怎么样我都要忘了她的。

"来了！"高翔拍了拍我的肩膀，我站起身来，回头看见那小阿飞从医院走了出来，不巧的是芮馨跟在他后面。

"怎么办？"他问我。

"算了，"我考虑了半分钟，拉着他走到街对面，"算他走运。"

然后我就定定地看着那人和我们的大作家说笑着朝车站这边走来，我咬紧牙关，心想太过分了。

两人快到站台时，一辆公交车恰好驶了过来，作家抓起阿飞的手用百米冲刺的速度跑了过来，然后就看见阿飞一个人飞快地跳上了车，作家在车窗外挥挥手，笑得那个灿烂！我咬牙切齿地看着公交车缓缓离去，然后拦了一辆的士。

在九眼桥站，公交车终于停住了，随后便看见那人东张西望地走下车来，高翔先冲下的士，我付了车费下来时看见那人已经被高翔拦住了。

经过一阵拳脚的往来，阿飞落败而逃。

"呸，这次饶了你！"高翔朝着阿飞逃跑的方向吐了一口。

我又拦了辆的士。

5

我把脑袋伸出窗外，看见芮馨正在一楼外的花园里晾衣服。那花园不大，种的花却很多，也不知是些什么花，如今正开得灿烂而招摇，她就站在那花簇中央，正与美丽的花朵为伴呢。

我目不转晴地看着她把一个蓝格子床单挂上晾衣绳，然后把它卷起来并逐渐卷紧，里面的水便纷纷扬扬地泼洒下来，一个劲地泼洒在下面的花朵上，还有一些调皮地跑到她粉红的裙角上，然后她又把那床单铺展开来，并在上面固定了些夹子，之后又拿起另几件衣服拧干挂上……

自从那天在网吧看电影过后，她开始主动和我讲些话了，这让我觉得她的温度开始回升——起码不会再让这世界凝固，只是我们之间的话题仍旧不多，一天也就那么三两句，但已让我天天乐呵得合不拢嘴了。

上班没事的时候，她习惯一个人静静地站在办公室外的走道上低着头发呆，也只有在这时，她才会垂下她骄傲的小脑袋。

就在我看到她被一男的搂在怀里的那个晚上，张扬对我说，你别再想她了，如果真喜欢她的话就别去打扰人家了。今天早上张扬又打来电

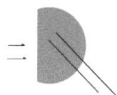

话，问我芮馨是不是来了，今天他从学校得到消息，说她已经来这家医院报到了。我说来了，但跟没来没什么两样。

"不如把她……"他在那边干笑出几声，"狠不下心吗？"

"是狠不下心，"我说，"我要让她心服口服。"

"你这是流氓行径，我可不会干，"我说，"口服心不服的，我可下不了手。"

"唉——"他长叹了口气，"那我也没法，祝你好运了。"

在对待芮馨上，我是认真的，她也不是那种随随便便的人，她是那种有第二个人在场时就连内衣都不敢洗的传统女孩，我这么说是有根据的，有一次我进她们宿舍，就看见她在洗一件背心，感觉有人进来了，就一脚把衣盆踢进床下面了，跟着脸就红了，更不敢把这类衣服晾在外面了。毫不夸张地说，我之所以一度对她如此痴迷，跟她的这点美好传统有一定关系。

三

　　房内整洁，灯光柔和，女孩矜持。我走到她床边坐下，她的床有股香水气味，应该没仔细整理过，落有不少长发。以前听人说过，把女孩的头发放在自己的枕头下，晚上就会在梦里和她相遇，我捡起一根绕在指头上，说你的头发一点也不短。

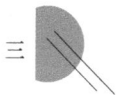

1

丁老师拿着手术刀，指挥我和周功用两把止血钳把病人器官提了起来，这时主任进来了，看了那人一眼，对丁医生说，这小手术就让文航他们做得了，你在旁边看着就行。你行吗？丁老师看着我问。我皱皱眉头，咬了咬牙说行！

我从丁老师手里接过手术刀，战战兢兢地把刀子从两把止血镊之间插了下去，随后听见那位可怜的兄弟撕心裂肺地嚎了起来。

咦，怎么回事？我急了，问丁老师。没事，继续。丁老师命令我。我又咬咬牙关，手上一用力——切了。

哈！我笑了起来，就着丁老师的肩膀擦了擦脸上的汗，我说丁老师你帮我记下，我也成主刀医生了。

过了约半个小时，缝合止血包扎什么的都处理完，那兄弟哭哭啼啼地走了。

做完手术，留下周功清洗器械，我和丁老师到外面吃早点，刚走出医院大门时我看见一个人的背影，有点像芮馨，我刚要喊，丁老师拉住我，说你是怎么搞的，芮馨屁股哪有这么大。我笑了起来，"没道理啊，"我说，"没道理你比我还了解她啊。""芮馨屁股真没这么大，"他又看了那人一眼，"别的女人屁股属于盆形，可芮馨那属于碗形。"

这之后我就时常会注意芮馨的屁股，其实她的屁股不算太小，属于中等型号，用周功的话说就是小盆大碗形。

不一会儿到了医院职工食堂，里面那卖早点的老板娘看见我们，忙一步三颠地迎出来，我看了一眼她肥硕的身材，一阵恶心。心想要不换家吃吧。

但丁老师却被她连推带搡地弄进去了，我在门口站了一分钟，闭着眼睛跟了进去。

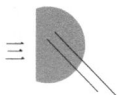

2

"有网吧，真好！"有一天高翔这样对我说。

那段时间游兰已经跟他分了，所以他特孤独，不怎么爱喝酒，杨臻也不跟他一起了，还时常旷班。我们也懒得理他，那天我们下班后，高翔喜滋滋地从外面回来。

"上网骗老女人去了？"我问他。

"是啊，听说是一所什么狗屁大学的教授呢！"

"你不会吧？！"周功看了他一眼，表示怀疑。

"是真的，大学教授，我把她给骗了！"

话没说完，狂笑起来。

我们也被他逗乐了，但还是不信——这小子今天没出毛病吧？

"你怎么骗到她的？"

过了好一会，周功想起该好好开导开导他了。

"没法，活该她倒霉，"把双手背在身后，挺认真地说，"她叫风无形。"

"怎么回事？"

"我对她说你这雅号挺不错的，她就说风真的无形，我不服，就跟她争了。"

"你怎么说？"

"我说风有形，让她吃惊了。"

"怎么就吃惊了？"

"她问风有形那什么是风形。"

"是啊，什么是风形？"周功也着了迷了。

"我说风有形，风形如风。"

"这样她就缠住你啦？什么乱七八糟的，我看人家是老公死得早，寂寞难耐饥不择食，哎你小心点别上当啊……"

从此以后高翔就天天往网吧钻了，周功说了他几次，有一次还偷偷地跟去探个究竟，原来他说的都是真的，真是个老女人了，还给他看视频呢。此后两人便不停地相互嘘寒问暖打情骂俏，像极了热恋中的情人。

说起来有点可笑，那天周功是捧着肚子回来的，用他的话说是，笑也笑疼了，气也气疼了，同情那教授也同情疼了。

两个疯子的关系继续朝最乐观的方向飞速发展，一个月后，那女人给他打电话了，一打就是一个多小时，说的都是肉麻的反胃话。其实我挺同情他，这兄弟是太空虚了，有一次我就对他说，找个女朋友嘛，要不，干脆和游兰和好算了，他说，这不正在找吗？他已经答应和她见面了。我问那你打算怎么办？他说没事，到时候找个理由不去就行了，或是你们陪我去看看，不去相认就行。我又问你之前告诉她你多大，他说中年三十。我听了只是笑了笑，心想这小子再这样下去心理一定会扭曲的。

又过了几天，他真的要我跟他去见那老女人，那是在龙泉湖边上，我们赶到那里时，那女的早在那里焦急地左顾右盼了，我们无所事事般在她身旁坐下，看她把手里一本《罪孽的诱惑》翻开又合拢，合拢又翻开，又过了十几分钟，远远走来一个穿白衬衫的中年男人，那女的立马强行镇静下来，我想会不会有好戏呢，可没想到那男的在离我们不远处走上了另一条路，远去了。我又看了那女的一眼，很失望的样子，她红着脸看着那男的渐行渐远，最后长叹一口气，站起身来向着那男的追去了。

"是不是很有趣？"我问他。

"没什么感觉，"他说，"我和你一样，是个局外人。"

"你没让她看过你吗？"

"没，和她聊天我都不开视频。"

"你这叫变态。"

"没法，谁叫她不理我呢。"

"你说游兰？你这是实话？"

"是呀，我什么时候骗过你？"

我们也站起身来往回走，路上我问他，你网名叫什么？

"云无相。"他说。

我想起那个叫风无形的女人，笑了起来。

这段时间最开心快活的要属酒鬼杨臻，刚从内科转出来，到了B超室，B超室的主治医生就是美女刘了，很靓。

"我用生命做赌注，我B超室的老师一定是全天下最美的女人！"在宿舍没事的时候，他总把这句话挂在嘴边。

"我也相信，"周功说，"所以你要努力，她在这里等你快三十年了。"

"我是说真的，"杨臻激动起来了，有时奇怪，一说到刘医生他就挺激动，"我是很少认真的，现在认真一次，我真喜欢上她了。"

"那是那是，你抓紧，妇产科手术室就在旁边，可以为你提供安全保障。"周功似乎总跟他过不去。

"郁闷，你真不够兄弟。"

"说真的，"有时我也会这样说一句，"你有没有打探过，那刘医生有没有男朋友？"

"不知道，没有就好了，我追她去。"这兄弟是认真了，看来病得不轻。

"哈，"我和周功的笑声一定惊天动地，"兄弟我算是服了你了。"

"没什么嘛，唉，这女人，真让我心动了。"

"那就追啊，一天一朵玫瑰花。"

"追！一定得追，不过话先说前头啊，到时候你们可别看着眼红，千万别跟我抢啊！"

"行，到时候哥们还把宿舍腾给你。"

"说好了啊，这可是你们亲口说的，不许反悔啊，说好了。好哥们，真是好哥们。"杨臻更激动了，说着就要来拍我和周功的肩膀，"走，先去喝杯酒！哥们请客！"

　　以后的两个月，就是杨臻在B超室实习的两个月，他完全变了个样。有时真不由你不信，女人的力量真是无穷大，就像我对芮馨一样，为了自己心爱的女人，男人可以做任何事，并为此而幸福着，享受着，这或许是种磨难，更可能是份罪过，但，男人还是乐此不疲，男人在女人面前一个个都努力变得顶天立地。

3

　　孙洁给我打电话，问我要不要一起出去玩。我问她在什么地方，她说就在医院门口的烧烤坊。

　　我蹑手蹑脚地出了宿舍，已是深夜了，外面的街道阒无人影，苍白的灯光下，是疯狂舞动的飞蛾，从走廊看下面的小花园，忘在晾衣绳上的几件白大褂发出苍白的光。

　　我从没想过我要认识孙洁———一个早点铺老板娘的妹妹。我只记得那天早上在早点铺里，你要了丁老师的电话，而我们根本没有交谈过，你就坐在我们对面，当时你在帮你姐姐洗大蒜，我看了你一眼，你不算美，但你的微笑却吸引了我。是什么让你一直面带微笑的呢？我猜了好一会，可没猜透，之后你就对丁老师说，我见过你，你就是那个帮我妈妈治疗的丁医生。于是你们就很开心地交谈起来，在我们要离开时你要了丁老师的电话号码。我从没想过要认识你，可我怎么就认识你了呢？

　　我进了烧烤坊，她一个人等在那里。

　　"就你一个人？"我问。

"嗯，"她不好意思地笑了笑，同时给我搬了条凳子，"这时候约你，你不会生气吧？"

"向月亮发誓，"我一本正经，"有美女相邀，高兴都来不及。"

她很客气，也不爱说话，一直就微笑着愣坐在那里，奇怪，我怎么总是认识一些不爱说话的女人？游兰、芮馨、孙洁。

我看了她一眼，灯光下，她肤如凝脂。

我忽然有点害怕，但愿我不会跟眼前这女人发生什么。

如果发生了，该怎么办？我真的紧张起来，我又想到我心爱的芮馨，此时此刻真想把芮馨忘掉。

"你怎么不说话？"我终于忍无可忍了，"你约我出来就让我看你笑吗？"

"没有，"她说，"一个人很闷，想找个人聊聊。"

她还是眼皮都不抬一下，脸上还是不变的微笑。

"可我在成都没有什么朋友，就想到你了。"

"哦。"我把一只鸡腿塞进嘴里，心想该问问她怎么知道我的电话号码的。

"对了，你怎么知道我的电话，"我耸了耸肩膀，"我好像……"

"不告诉你，"她终于抬了抬眼皮，脸微微红了一下。

"我们好像只见过一面。"我把舔得不剩一滴油水的鸡骨头扔进身后的垃圾筐。

"是的，在我姐姐的饭店。"

"呵，这倒让我想起你姐姐来了。"

"怎么？"

"你那肥姐。"

"呵，真肥，"她又看了我一眼，见我也正看着她，脸又是一红，忙又垂下头，"她以前很瘦的，后来不知怎么就胖了，而我以前却很胖，你看我，现在多瘦。"

"唉，跟你聊天很闷，"我站起身来，"你就没有别的话吗？"

"有啊，"她好像有点急，也站起身来，"跟我聊天你不开心吗？我一直都在说话啊，我在说我以前很瘦难道你没听吗？"

她紧张得有点无措了，不住地搓着手心，我笑了起来，"你很容易激动吗？"

"不是，"她的声音很小，"我怕别人生我的气，我不会说话。"

"嗯，说说你为什么就变瘦了呢？好好的你为什么要变瘦呢？"

"不告诉你，呵呵。"她又看了我一眼，她的脸在笑，可我没看见她的眼睛笑。

我拉了她坐下来："我不会生任何人的气，把我杀了也不会生气。"

"哈，把你杀了你还怎么生气？"

"咦，你看，那边有个色狼在看你。"

她朝我指的方向瞟了一眼，脸立时变得煞白，跟着就急急地说，走吧，她不让我出来玩呢。

我看了她姐姐一眼，她姐姐朝我笑了笑，招手让我过去，我摇摇头，拉起孙洁就走。

"为什么那么怕你姐姐呢？"进了医院大门我问她。

"呵呵，我才不怕她呢，我是怕我妈妈，我妈妈知道我这么晚了还在外面玩会很担心的。"

"嗯，这么晚了还跟男孩子在一起，难怪你妈妈会担心。"

"这倒没事，我就怕我姐姐在我妈妈面前告我的状。"

"你以前没出去玩过？"

"有过，我读初中时可疯狂了。"

"看不出来。"

说话中已到了她的住处，她开了门，问我要不要进去坐会，我说不了，你休息吧，你姐姐可能要回来了，她说不会，她不在这里住，她住得很远呢。

"所以你就敢这么晚了还在外面玩是吗？"我本来想说所以你就敢这么晚还带男孩子回住处，想想还是改口了。

"嗯。"

她说着走了进去，我在门外愣了一愣，忽然浑身有点冷——心想这气温怎么一下子就降了下来，还是进去坐会吧。

房内整洁，灯光柔和，女孩矜持，我走到她床边坐下，她的床有股香水气味，应该没仔细整理过，落有不少的长发，以前听人说过，把女孩的头发放在自己的枕头下，晚上就会在梦里和她相遇，我捡起一根绕在指头上，说你的头发一点也不短。

四

　　十一点半了，所有的商店都已关了门，凛冽的寒风吹着，浑身刺骨的疼，我用不到1个小时的时间跑了不少于两公里的路程，敲响了不少于五十家的商店，其中有六家骂骂咧咧地为我开了门，最后我终于买到一本儿童读物，里面有一只猫的头像。

1

昨夜成都刮了一阵大风，听说把一个地方的霓虹灯都吹落了下来，甚至还刮倒了一根电线杆，那电线杆倒下来后还砸坏了一幢楼——报纸上也这么说，应该是真的了。今早起床时天气骤然转凉，下班的时候气温降到1度，随之天空就洋洋洒洒地下起了小雪，我希望雪再下大些，最好是放眼望出去看不到一丝灰暗，然后，我去滑雪，如果能结冰最好，我去溜冰。

我值晚班，以为晚上不会来什么病人了，可没想到一去接班就同时来了四个外伤，一个还得立即手术，把那肱骨骨折的病人推进手术室，在门口芮馨打电话过来，怯怯地说，你陪我去看樱花吧，雪花堆在樱花上，一定很美。

"我没时间，"我看了一眼手术车，说，"要去你自己去！"

此后就是漫长的四个小时。

当我把那病人推出病房时，天已经全黑了，只有堆积在地上的雪花映射出来的无瑕的光告诉我，今天下了场大雪。我直奔宿舍，芮馨已经睡了，灯也早已熄灭，我无力地把身躯靠在她宿舍的门上，默默地听着窗外呼呼的风声。

背后的成昆铁路上，偶尔路过的火车不时发出惊天动地的长啸，随之我和大地就不停地哆嗦，特别是在这下雪的夜晚，这种长啸让人毛骨悚然。

八小时后，天亮了，我蹑手蹑脚地出了医院，雪还在下，只是下得小了，我没打伞，那纯白的雪花飘落在我黑得发亮的风衣上，一切是那样的分明。

我挤上108路公车。

雪忽然下大了，风也刮得更加凛冽无情。

突然，车子剧烈地晃动了一下，然后听见一个小女孩扯开嗓门吼："你瞎了眼了？踩我的脚！"一个小男孩怯怯的声音响起："对不起，车子晃动。""车子晃动关我屁事？干吗你要踩我的脚……"

我回头看了两人一眼，那可怜的小男孩红着脸无措地站着，那凶巴巴的小女孩不停地在他额头上指指点点。

一个小时后我站在了人民公园门口，我的心情愈发沉重，我在想象那风雪中的樱花——一定被风雪摧残得狼狈不堪风姿全无。来的时候我没想过邀上芮馨，我不想让她看到一定被风雪摧残得一塌糊涂的樱花，但此刻，站在人民公园门口的我却想要一个人陪我了。

买了门票进去，我回过头来，看着车来车往的青年路，呆呆站了三分钟。

人民公园，残花落了一地。

走出人民公园，污泥溅了我一身。

那飘零在地的樱花，和着污泥，和着雪花，和着孩童们无忌的笑声，被捧在手里，相互追打，然后就散开，又被折磨得粉身碎骨。此情此景，谈不上美，谈不上凄，一切显得自然而平常，但在我看来，它是那样的让我感到别扭。

回到宿舍，我被冻成一块无法溶化的冰。

刚刚躺下，有人发短信过来：

"逛了一天，很冷很累了，门口挂着几个白薯，吃了吧。我看见你了，我们都是一个人，樱花并不美。"

我跳下床冲出门，开门的同时对面的门也飞快地关了起来，然后我看见，我的门口不知什么时候多了个白色的食品袋，里面是几个刚烤好的还热气腾腾的白薯。

一下子，我这么久以来一度委屈着一度压抑着一度付出着的苦闷在几秒钟之内化作几滴温暖而激动的泪水，一滴滴洒落下来。

2

　　说实话，那晚我走进孙洁住处的时候是有些冲动的，后来她肥姐来了，可能是打算捉奸在床来的，闯进门时脸色阴得难看，还不乏失望的神色，因为我们还穿戴整齐。然后她就说她今晚要在这里睡，说着就脱衣服，我忙跑了出来，孙洁也跟了出来，我说我要回去了，你跟出来干什么？她笑了笑，不好意思地说，我不想跟我姐姐一块睡，她晚上打鼾。我说那怎么行，一个女孩子，这么晚了你去哪里睡？她说随便吧，门口不就有旅社吗？你陪我去开间房吧，我说那你等我一下，我回去拿点钱，说着就往医院走。她说那我跟你去吧，我姐要骂我了。我回头往她屋里看了一眼，看见的是一条比我大腿粗的胳膊。

　　她跟我到宿舍拿了钱，我看了一眼睡得像死猪一样的周功和杨臻，半开玩笑半认真地说要不咱们就睡这里吧，也可以为我省点钱，她眨了眨眼睛，认真地说，他们醒来怎么办？我看着眼前这单纯的女孩，心里忽然涌上一种莫名的惭愧还有怜悯，我说那就到外面住吧，咱们开两间房。

　　来自贵州的孙洁长得并不美，但身材一级棒，芮馨比她差远了，可她让我无法忍受的是时刻低着头，让我怀疑她的前世是不是杨白劳，那晚上的灯光很明亮，她说她怕黑。我们先是喝了点酒，然后开了一间房，只开一间房是她的主意，夜里她睡得很沉，还有让人痴迷的微笑，而我胡思乱想一会也睡去了，不过睡梦里总感觉有人在我身上捣鼓着什么，有一阵我努力睁开眼，见身旁的孙洁依旧睡得很沉。

　　另外有件让我耿耿于怀的事是，我在搂着孙洁的小蛮腰走出医院大门时，芮馨的小脑袋刚好从门诊药房里探了出来，不得不说我的倒霉来得真是时候。

3

"听说你会画画，你会画猫么？"芮馨发短信过来，莫名其妙地问出一句。

"我不会画猫，但我喜欢画画。"我回她。

"你出来一下。"

走出宿舍，她站在门后一个阴暗的角落里。

"把它画在上面吧。"她说着递过一个鼓鼓的气球。

"可我画得不好。"

"难道你不会试试吗？"

扔下这句话，又返回她们宿舍，我在门口愣了半天，然后出了宿舍。

十一点半了，所有的商店都已关了门，凛冽的寒风吹着，浑身刺骨的疼，脚上只穿了双拖鞋。如果在平时，我绝对迈不出十步的距离，而此刻，我不知哪来的力量和勇气。

我用不到1个小时的时间跑了不少于两公里的路程，敲响了不少于五十家的商店，其中有六家骂骂咧咧地为我开了门，最后我终于买到一本儿童读物，里面有一只猫的头像。

回到宿舍，除了被冻得麻木外没什么感觉，在外面奔走的时候我什么都不想，敲响商店门挨骂的时候我觉得自己很傻，但又不得不低三下四地与店主说好话，买到书的那一秒我是高兴得跳了起来，忘记了风的寒冷夜的漆黑，也忘记了其实身上没带一分钱，最后我只得说，老板，实在对不起，我忘记带钱，但这本书我是要定了。

我忘记了自己是怎样从那家商店出来的，或许是被推出来的也或许是被打出来的，总之不会是被欢送着出来的，我只知道回到宿舍时才发觉戴在中指上的戒指已经不在了，那戒指是我接到F大学录取通知书时奶奶从手上脱下来送给我的，然后我开始画那只猫，我把那只猫像模像样地描到那气球上后才躺下，躺下的时候我又发现我的脚后跟不知什么时候被蹭破了一大块皮。

我用了整整一个小时把那猫头描到那气球上，之后把气球挂在她门口，然后才躺下，睡梦中我和她坐在气球上，漫无边际地在空中飘。

闭上眼睛再睁开，又过了三个小时。

我是被手机铃声惊醒的。

"谢谢你的画，早点放在门口了。今天更冷，化雪了，注意保暖。"

她就说了这样一句，我还没来得及开口她便挂了，可我好一会才反应过来，因为我根本想不起那是谁的声音。

打开窗，风迎面拂来，我心旷神怡。

从窗外看出去，天晴了，阳光普照大地，普照着大地上白皑皑的积雪，映射出最缤纷的光。

五

　　从看见美女刘第一眼起，我就决定以后无论如何要来这里混上几天。我喜欢她的阳光、她雪白的牙齿，喜欢她勾魂又会笑的大眼睛……

1

那天我近距离欣赏了美女刘，我说的是欣赏，我看她根本没有别的意思，可后来她对我说，她很害怕我当时的眼神，痞子李也说我的眼神有点欠揍。

痞子李！一开始我以为这两人有那么一腿，可后来她和他都不约而同地否定了。那天是这样的，高翔通宵上网回来，一躺下就喊肚子疼，而当时宿舍里只有我一人，所以，带他去做B超的光荣任务就落在我肩膀上了。然后我就近距离地欣赏了美女刘，这女人真的很美，不过当时我可没看见痞子李，几天后他告诉我说，其实他当时一直在旁边捏着拳头盯着我呢。

怎样形容美女刘呢？说她该大的地方大该小的地方小一定太落伍了，说她该凸的地方凸该凹的地方凹也达不到形容她美的效果——对，是那种阳光，因为她那张锁住我目光足足三分钟的小白脸上一直挂着灿烂的笑容，而且把雪白的牙齿露出来，还有她那双眼皮下的大眼睛，勾魂又带点忧郁的大眼睛。我清楚地记得，当时我被电了一下。当时我还有一种想法，一种甚至是迫不及待的想法——我以后一定要想办法来这混上几天，在我把目光投向那两片没有化妆却鲜红的嘴唇上时，它张合了几个回合，这让我想到一些不该想的东西，然后我又看她的眼睛，她的眼睛也正对着我，是的，我看到她也正看着我，我就看到她的眼睛在笑，那眉毛笑得成了半圆，这让我有点不舒服。

"喂，"她说，分明不高兴了，"你怎么这样看我？"

"我？"我指了指自己，"你说我看你？笑话，我哪有看你？"

"可我分明看见你死死盯着我。"她真的生气了，女人是容易生气的。

"是吗？"我笑了起来，"那是你看我还是我看你？"

"你！无赖！"

她真生气了，骂了我一句，脸红了，慌忙低下头。

"做B超啊！"我说。

"噢，是，是，怎么就忘了做B超呢？"她慌忙应着，手忙脚乱地拿起B超探头。

但我分明看见她的脸红了。

呵呵，我看见她脸红了，我笑了起来，弯下腰看她。

几分钟后，B超做好了，她说高翔没什么事，可能是植物神经功能紊乱，要他回去休息一下看看，然后就说，你们走吧，你，她指着我说，你不许这样看女孩子，你回去好好照顾你的同学。

呵，我被她逗乐了，我说我只看过一个女孩子，就是你这美女。

她脸又红了，说你走吧，要看以后再来，同学要紧。

我一听乐坏了，大笑几声，扶了高翔出来，快到宿舍时我踹了他一大脚，我说你真混蛋，害我看不成美女，可你倒好，躺着让她摸了个遍。

以后我有事没事就到那里看美女去，当然，我是打着实习的旗号去的，而其实我们根本没有安排B超科的实习。那时杨臻也还在，他就有点不高兴了，说你也太不够意思了，有个芮馨还来跟哥们过不去，你算哪门子兄弟?

我当然没有和他过不去，但我就喜欢看他生气，同时，天天跟美女在一块也是一种享受，特别是在美女刘对我亲热起来，冷落了杨臻之后，我就更加得意了，我说哥们就是比你有吸引力。

2

现在说说痞子李，痞子李就是个痞子德行，除了有点文化之外，他告诉我说，他来这家医院报道那天剃了个在大白天能发光在停电时能照明的光头，随后就被院长训了一顿，他心里是绝对不服的，可嘴上还是说一定改，坚决改。院长就说，希望三个月后能见到他的长发，三个月后脑子进水的院长真的来看他的长发了，可在他办公室找了半天没找到，就问他，这位兄弟，小李呢？我就是小李，痞子李说，院长我就是小李啊，三个月前挨您老的训呢，痞子李说着还忙起身让座倒水。院长当时是惊天动地一声吼，小李，我很郑重地告诉你，明天你不把你这狗头剃了，就别在这里混了！

后来他告诉我，他那头发被他梳得油光可鉴，披在肩膀上。有时候我也奇怪，为什么他和丁医生走的好像是两个极端，一个喜欢长发一个喜欢光头。

我讨厌这家医院，痞子李说。

所以我总是跟他们对着干，还有一次把胡须留得好长。

他这样说我倒想起一件事来了，记得我们来这里报到的那天，我就看见一个身穿白大褂、胡子长得遮住脖子的，现在回想起来，那一定是他了。

那天他竟然就站在美女刘的身后，这是他后来对我说的，他说，好你个色狼，大哥我跟她混了不下十年了也从没像你这么看过她。是真的？我问，不会吧，你俩那么好。

我们只是好哥们。他这样说。

"我们真是好哥们，"美女刘也这样说，"就算睡一块儿他也不会碰我的。"

"那你们有睡过一块儿吗？"我随即问她。

"这倒没，"她说，"大学四年我和他是同桌，实习也在一家医院。"

"哦，我懂了，"我点点头，"是那种内衣内裤也交换洗的是吗？"

"嗯，"她竟然笑了笑，然后对身后的杨臻说，"小杨，你帮老师到内科做个床旁心电图去。"

"噢——"杨臻嘟了嘟小嘴，狠狠瞪了我一眼，去了。

"对了，你和那个什么潘芮馨小姐发展得怎么样了？"

"老样子了。"我站起身来，走到窗户旁，透过玻璃往外看，"没有什么戏的，跟她在一块儿特闷，三捶打不出个冷屁的女人。"

"听老师说，是你对她关心还不够，真的。"

"或许吧，可我没有机会，她恨死我。"

"唉，其实她是不错的，淑女一个，不像我。"

"说不清楚是因为什么，跟她在一块儿特自卑。"

"不能这样的，追女孩子怎能这样？对了，我要痞子李帮帮你，他对付女孩子可有办法了——嗯，我现在就喊他。"说着她掏出电话。

"喂，你快上来一下，有点急事。"

"人家不会理他的，整个痞子德行。"我说。

"这倒不一定，我告诉你啊，他的童子身可是废在跟他认识不到一天的女孩子身上的，那是个复旦毕业的高才生。"

不一会儿痞子李一路高歌着冲上来了。

"什么事？"

"交你个光荣的任务。"她说。

"什么任务？介绍女朋友？"

"追个娘们。"

"谁？在哪？拉出来瞧瞧。"

"小潘。"

"小潘？"他看了我一眼，"你说，追小潘？"

"是啊，帮文航想个办法。"

"呵，这忙我可帮不了，潘芮馨这条胭脂马，不是说骑就能骑的。"

"去！你以前不是挺厉害的么？"

"其实我早想过了，姓潘这孩子，呵，我的意思是，你千万别把她当人，把她当作一条椅子一张桌子一本书都可以，就千万别把她当人，文航你信不信？你绝对搞不定，哥们奉劝你一句，那个什么游兰的，不错，不用费太大的力气，当然如果还没兴趣，你追眼前这位也行。"他伸手拍了拍美女刘的肩膀,挺认真地说,"追这位,哥们也好帮帮你。"

"说些什么啊,"美女刘踹了他一脚,"俺在想学友张呢。"

"学友张不适合你的,你们才见过一次面,他又有女朋友。"

3

　　学友张，中山医科大学研究生，毕业后回四川实习时跟美女刘有过一面之缘，那一面可能是这样的：美女刘和痞子李把行李搬到第一人民医院，那天天气有点阴沉，在安排宿舍的时候，痞子李忽然内急奔厕所了，就留下美女刘在宿舍门口看行李，过了一会，宿舍的门被从里面打开了，跟着，学友张就出现了，学友张给美女刘的印象是，有点瘦，不太高，就一米七二左右吧，鼻梁上架了眼镜，很白，五官搭配可与姓黎那个香港天王级歌星相媲美，那种典型的亚洲传统的小白脸型。总之是无法形容的帅，穿的忘记了，但应该是比较时髦的，手里提的是一个白色的行李兜，他就提着这白色的行李兜出来了，出来时看了她一眼，发觉她也正目不转睛地盯着他看，他的脸一下子红了，于是问出一句，同学，是不是来这实习的？是，是，她忙不迭地答，然后游移不定的眼神就看见了他裤子的拉链，然后她的脸也"唰"的就红了，原来学友张的拉链竟然只拉起了一半，她一下子就看见他白花格子的小内裤，她擦了擦额头上的汗水，好一会才回过神来，你呢？终于问出两个字来，问出这两个字后偷偷地咽了咽口水。呵，他笑了笑，露出被烟雾熏得有点发黄的牙齿，我结束了，他说。说完又转身打开了身后的门，然后把她堆在门口的行李提了进去，然后又跟她客气了几句，最后说，我结束了，要走了，祝你们有一个愉快的实习期。最后两人握了握手，然后他出门了，在门口时她忽然问，朋友，你叫什么名字？张学友，他极不情愿地说，说完还自嘲地笑了笑。呵，她也笑了笑，好名字啊。是好名字，他说，不过为了表示对歌神的尊重，朋友们都叫我学友张，说完他跨出了门槛，希望我们能再见面。

其实是极其平常的一面，但她告诉我，她永远记住那人了，那害得她茶不思饭不想的男人她永远记住了。记住他什么呢？我问他，他哪点吸引了你呢？

"不知道，也说不清楚，不过印象最深的是他那黄色的牙齿，说话的时候，喷出的口气中带有烟的丝丝香味。"

"你见过学友张吗？"我问痞子李。

"我那天只看见他的背影，唉，整一个瘦猴。"

4

芮馨和台湾的一家出版社签约的那天我们一块吃了顿饭，而我和芮馨的关系也是在那天被美女刘发现的，当然她也知道我在芮馨面前其实是处于一种不尴不尬的境地，那晚上痞子李和美女刘都不约而同地对我说，爱上芮馨是个错误。

席间就讲一些有关文学的话题，由美女刘唱主角，芮馨不时附和上几句，痞子李和女友卫小月不住地打情骂俏，周功和杨雪一个劲地咽口水，而我只能在一旁心不在焉无味嚼蜡。

我真想不明白，杨雪怎么会跟周功好上？在F大学，周功的好色是出了名的。最令他自豪的是，在大四时他先后把大一的两位美女肚子搞大，但可惜的是后来每个人跟他要了五百块钱，对，仅仅五百块，不过这件事却让他意识到，有了钱，没有什么女人是搞不定的——他一度这么认为。

那阵子我也一直迷恋文学，总想着有一天我也要写上几本作品流芳百世，也特妒忌那些时下走红的作家，有时也会做做怎样让自己的文字变成金钱和美女的美梦。

一顿饭的时光就这样被我无滋无味地嚼完，然后美女刘回了家，痞子李两口子开房去了，周功和杨雪上网，我和芮馨回医院，在路上她跟我讲起对今后的打算，她的意思是想放弃专业，回家专门搞写作。我说尊重你的选择，她回头看着我，说你难道就不会给我提个建议吗？我说我不知道，因为连我也不知道这以后的路要被自己走出什么样来。她又看了我一眼，嗯了一声。其实我心里挺着急，说实话她打什么主意我不管，问题是如果她真的回家了那这以后的日子叫我一个人怎么过。

回去后我就躺下了，之后美女刘就打电话过来，莫名其妙地说出一句，你爱上芮馨是个错误。之后我做了个梦，我惊出一身冷汗，然后又被一阵电话铃声惊醒了，接起电话最先听到卫小月的呻吟声，然后才是痞子李在那边喘着粗气说，文航，你现在退出还来得及，你爱上芮馨是个错误。

六

芮馨现在写的这本是关于西部大开发的，讲几位大学生在拉萨如何艰苦创业，可迎接他们的却是突如其来的死亡和一无所有。表达的还是那套老掉牙的哲理：人和一切有生命的物体其实从形成胚胎的那一秒起，便宣告了逐步走向死亡的必然，所以人活着其实就是在煎熬中等死，人生无意义。

1

"我小时候最凶了。"芮馨坐在我床上，手里拿着她小时候的照片，笑着说。

"这倒看不出来，"我说，"也想不到。"

我看着她，她偏着脑袋，一边的头发垂下来遮住了半边脸。

"是真的，小时候我就天天跟在我哥后面跑，他老打人，我就跟在他后面起哄。"

"你哥没被别人打过吗？"

"有，不过很少。我哥长得高高大大，伙伴们都很怕他，我还记得有一次，他一拳就把张老师家的儿子打晕过去了，我吓得大哭，他也傻了，就呆呆地站着，忘了逃跑。还好，不多会儿那人就醒来了，你猜他醒来后说的第一句话是什么，他说，还我的大板牙来。哦对了，就是前两天来的那个，你们说像阿飞的那个。"

"哦，呵呵，我还以为是你男朋友呢。"

"啊，讨厌了……"她说着在我胸口上捶了一拳。

"谁让你平时总骄傲得像只凤凰似的，对我们连正眼都不瞧。"

"没有，我就这样的，我对谁都一样，除非从小一块长大的伙伴。"

我接过她手里的照片看了一眼，很久以前的照片了，是她哥哥和她相拥着坐在一个池塘边上。她偏着脑袋，笑得那叫一个灿烂啊，她哥哥把右手伸进池塘里，想要拨弄那平静的水面。

"可惜他就是读不进书去，高中毕业就没再读了，为这，我爸没少生他的气。"

"对了，那阿飞来找你干什么啊？"

"就来看看而已，毕竟是一块长大的，特亲热，可能是我哥哥告诉他我在这里的。"

"他也没读书吗？"

"没读，以前跟我哥哥是一班的，后来也是和我哥哥一起辍学的。"

"你哥哥一定不是什么好人。"

"大概吧，总给人一种坏坏的感觉，不过现在结婚了，怎么说也比以前实在了些。"

"真羡慕你。"

"什么？"

"有个好哥哥啊，家人也一定很疼你。"

"那是当然了，你家人不疼你吗？"

"可给人的感觉是，女孩子总是更娇气一些的。"

"不过我可不是这样的，我很听我妈妈的话呢。"

"呵呵，"我笑了笑，心想这人有时真像个小孩子，"对了，你的小说怎样了？"

"你说新的这部？还没完呢，最快也要等两个月，到时你帮看一下。"

"你可以要陈老师帮你看看，人家是前辈。"

"我知道，可我不认识她，对啊，你可以帮我吗？帮我拿给她。"

2

　　其实，我跟陈老师之前只有一面之缘，那时我、美女刘、痞子李已打得火热了，那天我和痞子李正聊女人聊得起劲，美女刘进来了，手里拿了本微型小说，说有陈教师的作品在上面，问我要不要看，我问她是不是陈重，她说是，我说这老女人写的东西不错，我都看过不少呢。她瞪了我一眼，说什么老女人，怎么这么没礼貌，等会我带你去见见她。我看她那认真劲儿，奇怪了，开玩笑地追问她，难道你认识她？她说从小就看着我长大你说认不认得，我相信了，没顾得上看那本小说，就缠着她带我去拜访陈老师。

　　陈老师给我的第一个印象并不是太好，看到她时她正双手掐腰扭着屁股做健身操，那时我脑海里竟莫名其妙地浮现出鲁迅先生笔下的杨二嫂，后来美女刘用手杵了我一下，我才收回我呆滞的目光，如果没有美女刘在身边，我极有可能转身撒腿就跑。

　　聊上之后才发觉这人非常客气，用周功的话来说就是非常春风，其实我没说几句话，第一句好像是久仰了之类的，然后就听她讲她的创作心得，什么写作是我精神的放纵之类，后来我说我有位朋友也是搞创作的，她就高兴地说有机会约出来大家认识一下，学习学习。然后我又恭维了她几句，分别的时候她拿了一本她新出的诗集给我，说写得不好，请多指教。

以前，应该说在认识芮馨以后，我对这些所谓的作家非常讨厌，我也喜欢舞文弄墨，按说我应该崇拜作家才对，但我总觉得这些所谓的作家都非常假仁假义，好像是在大二下学期，芮馨要求加入文学社，我这当社长的没同意，原因是我觉得她写的稿子过不了我这关，当然，那时候我还不知道她是当红作家，直到大四上学期，云帆才告诉我这可是作家啊，连院长大人都给她好脸色时我就差没找堵南墙撞了，可我却越发讨厌起那些被人称做作家的人来。而此刻认识了陈老师，让我对作家这一称谓改变了看法。

七

　　他吃了一口早点，说，"你得先帮我把工作搞定了。""没问题！"我努力将这三个字说得干脆，我觉得现在最主要的是先让他安顿下来，我想到方琪，我得请她帮个忙，问问她工作的那家酒店会不会招保安什么的。

1

我看见一个人，那人一直不紧不慢地跟在我后面，起初我以为是看错了，但当我第五次发觉这人一直跟着我时我终于相信了自己的眼睛，陈列！那小子是陈列，我高中的同学，一开始我差点叫起来，不过很快我就想起怀里的一千元，整整一千元啊，这一分钟我可是不折不扣的富翁，我还不想让这一千元在二十分钟之内像时光一样一去不复返。陈列可是个极品，高中三年，小样的天天跟在我屁股后面像个小跟班，但一到要掏钱的时候，他却总要找个冠冕堂皇的理由闪开，快得像闪电。而现在他就跟在我后面，我不知道他有没有认出我来，可不能让他缠上我，更主要的是看他那个脏啊，像时常在医院北面晃悠的乞丐。更可笑的是，以前他追过我们的班花亚楠，也不掂掂自己有多少斤两，不说别的，单从他那嘴里吐出的万里口臭就能让人窒息。以前我说过他，小样的你别跟我在一块了，我受不了你这满嘴粪臭，生气的时候也会对他拳打脚踹，但这哥们还真经得住风吹雨打，无论我们怎样对他施以暴力他就是不闪不避，这也是我最佩服他也最鄙视他的地方。

我有一千元啊，真好，我把它们握在手里面，我真想把它们拿出来亲上一口，我低头看了一眼快掉底的皮鞋，还想着奥特莱斯店里打折的运动服，还想着弟弟嚷了好久的足球。是的，哪天有时间了，我得给我弟弟买个足球，这家伙可不大听话，不能老受他的欺负。以前放假回家，没有送他东西可有我好受的。哈，我笑了起来，钱啊，钱。我又回头看了一眼，小样的还跟着我啊，不行，我可得加快脚步，要知道我可有一双长跑运动员的腿，我绝对可以把自己变成一辆性能不太差的汽车。

前面就是十字路口，真倒霉，碰上红灯了，我可得停下来了，我强装镇定，我的肩膀千万别让人拍到啊，我还得给弟弟买足球呢，对面不远就是医院和那家三星级酒店了，我可得想个办法，怎样才能甩掉陈列？回医院是绝对不行，让他知道我在这里实习我的好日子也就到尽头了，对，只要他敢跟着我，我发誓让他遭白眼，我把他带进那家酒店，我在那里还有一个朋友方琪，我先到那里避避。

绿灯行，谢天谢地，我的肩膀没被人拍到，我一口气冲进了那家酒店，进去后我又回头隔着玻璃门往外看了一眼，这小子还在跟着我。唉，不过想想也真可怜的，陈列在成都好像没什么亲人，也不知来这里干什么，高中毕业就没再读了吧，我想了想，对，高中毕业后就没读书了，在他们那个小村子，能让孩子读到大学的没有几家，这么想我有点心酸，我又想到我怀里这一千元，唉！

电梯在六楼停住不动了，我在心里问候了一万遍这家酒店老板的祖宗，撒开腿就往楼梯冲。"喂，你在哪？"一边冲楼梯我一边对着电话喊，"上班吗？——哦，那还不下班吗？——哦，没，没事，就太无聊了来找你玩，——哦，好好，那我到七楼找你。"

方琪就是我和孙洁来这里开房的那个晚上认识的，当时孙洁提议喝点酒，就是她为我们送的酒，我灌了她一杯，然后就聊上了，这女孩讲起话来大大咧咧的，好像对什么事情都不放心上，她说我要像你们一样什么都往心里记的话，我早没命了。

一口气冲上七楼，她在服务台跟一浓妆艳抹胸部肥大的女人正聊着天。"方琪，"我朝她喊，她回头白了我一眼，说，"我还没下班呢，你先上去吧。"我说你给我一杯喝的嘛，她说我房间里有你最喜欢的百事可乐，说着扔过一串钥匙，又回头和那女人聊天去了，我愣了五秒钟，又自个爬楼梯去了。

2

是的，那人是陈列，第二天我回医院的时候这小子还睡在我床上呢。我不客气地过去就给他一大脚，骂，"躺在我床上装什么死啊，老子这床单还是刚洗的呢。"我知道他不会生气，要生气的话早在高中我就被他剁成肉泥了，而此刻他被我那一大脚踹醒了。睁开眼看是我，笑了，"昨天瞎眼了？不理兄弟你够不够意思啊你？"我真想再踹他一脚，心想这人笑得那个灿烂啊！不过这时我气有点消了，心想是祸躲不过看来我的祸来了，我骂他，"你来这里问候你老娘来了是不是？"

他没跟我顶嘴，翻下床来穿好鞋子拿我毛巾洗脸去了，就像在高中一样，就微笑着任我骂。看他这样，说实话我没理由再莫名其妙地发火了，又想起高中那段日子，还是老乡啊，最宝贵的三年就是跟这些人混过去的。

"你等一会，我去买把牙刷，看你这嬉皮笑脸的德行，真想剁了你！"

高中三年，他一直是我们班的学习委员，也是我这当班长的得力助手，说真的这兄弟学习真不赖，不过此好好学生除了学习之外似乎就没什么课余爱好了。哦，唯一的课余爱好就是跟在我屁股后面，帮我买买烟买买酒买买作业本，帮我写写作业打打考勤什么的，然后就是时刻准备着忍受我的非人折磨。当时我们学校流传着这么一句话，陈列是女郎，爱上余文航，血为文航流，心被文航伤。我听了之后天天问候陈列他老娘。直到有一天他又听到别人在说这句话并在他背后指指点点他才忍无可忍和那人打了起来，并说出了我最担心的话：我有心爱的女孩，亚楠。他说这话时态度的诚恳和视死如归的精神让除了我以外的所有人都一致认为小样的是不是吃错药了。但他这人我是了解的，农村出身加老妈早逝导致的无可救药的自卑精神，从小被老爸调教得逆来顺受的软弱精神，软也怕硬也怕的懦夫精神，无时无刻不笑脸如花的东郭先生精神，全身上下都是说不完的值得我们学习的好好人精神。所以高中毕业分开后，时常会想起他，有时也觉得特对不起他的。

买了牙刷回来，看他正坐在我床上数着几张皱巴巴的钞票，我说你拿起来数，那钱多脏啊，那钱可不比你身子干净。他看了我一眼，说我只有这点钱了，你可得帮我找份工作。我问他还有多少，他说就三十块了，最多够用一个星期。我开始骂娘了，"你没吃错药吧你，这点钱你要用一个星期？""没法啊，"他可怜兮兮地望着我，那神情好像站在他旁边的我是他老爹似的，"你一定得帮我找份工作，不然我回不去了，我是被我老爸骂出来的。""可你也要照照镜子啊，"我又要骂他了，"就你这样还找工作你做梦啊你！"他说做什么都行，只要不饿死就行，他那神情几乎是在乞求了。"那你去讨啊，只要不饿死？你活着有什么意思？死了算了！""别这么说嘛，"他继续不温不火，"我现在是真的急了，找不到工作我没法跟我老爸交代的，文航，你一定得帮我这个忙啊。"

"你先刷牙，"我说，"满嘴粪臭。"

他笑了起来，因为他太了解我了。一块读书时，他有什么事需要我帮忙时，只要我一改变话题，那他的愿望九成是达到了。

"唉，"我还真没法发火下去了，毕竟是一个地方出来又曾有过深厚友情的人，"不过，我也不知道啊，你也太不够意思了，来之前也得给我来个电话啊，最起码让我先帮你联系一下有眉目了再说嘛。你想想，万一这次你找不到工作可就亏大了，白跑一趟不说钱也没了。"

"其实我想过的，可我打你的电话总是占线啊。"

"郁闷啊，生活啊，银子啊！"

"呵，我倒觉得你活得挺滋润的。"

"唉，和以前一样啊，哥们不想再活下去的想法都有了。"

"我比你惨啊，我爸爸也不给我好脸色，唉，不说这些伤心事，讲讲你嘛，怎么样，大学生活？"

"和高中差不多啦，多认识几个人而已。"

陈列的母亲是在生陈列时难产死的，所以他连他老娘是什么样子都不知道，而他老爸又把老婆的死怪罪在陈列头上了，从来没把他当亲生儿子看待，对他非打即骂，读书也是他外婆供他读的。高三那年，我们都在兴致勃勃地规划前景展望明天，只有他一个人闷闷不乐。可那时我们还不知道他爸爸从不给他钱，只知道他没有妈妈生活是要困难一些，没想过他面临的将是从此告别学生时代，直到后来有一天回家，我妈才跟我谈起这可怜的兄弟，我才发觉自己很对不起他。

"咦，对了，你怎么知道我在这里啊？"

"你老爸跟我讲的，我前天去过你家，你奶奶吐得厉害，听说得了伤寒。"

"哦，那我可得去打个电话，对了，他们没有什么要交代我啊？"

"有，不就跟高中时一样啊，别贪玩，有女朋友的话春节带回去。"

"简直胡说八道，我老爸要知道我在外面搞女人，不废了我才怪。"

说着我带他出了宿舍，他问要带他去什么地方啊，我说去吃点早点，白天就帮你联系工作。

"呵，"他干笑几声，"对了，昨天你怎么不理我啊，我还以为我看错了呢。"

"我怎么知道是你啊，都几年没见了还一点没变，谁信啊？"我说这些心里发虚，其实昨天从第一眼见他就知道他找我的目的，我昨天没喊他，最主要的原因是怕帮他找不到工作，但现在我无论如何都要帮他搞定工作。

肥姐的餐厅此时人满为患，我和他只得在外面吐着口水等，我现在是饿得厉害，可能是昨晚太累的缘故。昨晚我和方琪吃了饭后又去蹦了半晚上的迪，后来就靠在迪吧的沙发上睡了，睡得很死，早上醒来时才发现她吐了，原来喝了不少白酒，我把她拖回酒店后就回来了。

"对了，"我说，"有没有女朋友？"

"没有呢，我这模样，谁要啊？你不是说满嘴粪臭吗？"

"开玩笑的，你还真当真了。再说了口臭谁都会有，注意调理肠胃就行。是这样，我倒认识几个女的，我看她们也挺孤独的，我帮你牵牵线。"

正说着，孙洁端了个盆从里面出来了，看见我，小姑娘脸唰地就红了。"我说你怎么了？"她笑了笑，看了陈列一眼，说，"进去坐啊，我给你们煮早点。"她说着转身把盆放了，伸手要来拉我，我冲她露个笑脸，没拉她的手，我们进了餐厅。

她那肥姐没过来跟我们打招呼，或许知道自己那模样会影响到我们的食欲。孙洁给我们每人煮了一大碗面条，我说你给我们煮这么多是不是要收两份的钱啊，她悄悄地说钱不是问题，昨晚还从她姐姐的皮夹里偷了两百块呢。

趁她又去招呼客人的当儿，我问陈列，"这女孩怎么样，要不我帮你一把。""好啊，"他咽了一口早点，说，"不过你得先帮我把工作搞定了。"

"没问题！"我努力将这三个字说得干脆，我觉得现在最主要的是先让他安顿下来，我想到方琪，我得请她帮个忙，问问她工作的那家酒店会不会招保安什么的。

八

　　"……他们可能还没走远，如果真是菌子中毒，不处理怎么行！"
芮馨说着出了办公室，我呆呆地看着她头也不回地离去，呆呆地看着外
面苍白的灯光和蓝色的墙壁顷刻将她包围，此时已是深夜十一点半了，
我在心里为那中毒的人祈祷。

1

"今天我休息。"

我站在芮馨背后，心神不定地看着她在纸上飞快移动的手。

"是吗？"她仰起头来，看着窗外笑笑，"那可以舒舒服服地睡上一觉了。"

"是啊，你呢？"

"我还有点事，你先走吧。"

"好，那我先走了。"说着就往门外走，到了门口回过头来，看见她正目不转睛地看着我。

"去吧。"她又说。

"你那些……洗了吗？"

"你是说那被套吗？还没洗呢，你也知道，我这人……"

"那，不如就一块洗了吧。"

"不用，我不大习惯。"

"来嘛，反正我也是闲着，闲得无聊了说不定会干出什么惊天动地的事来。"

"那，好吧，"她考虑了几秒钟，"就在阳台上扔着。"说着丢过钥匙。

她们宿舍的布局和我们的一模一样，她睡门口左边的上铺，她那蚊帐挂得并不牢靠，此时已有一个角掉了下来，床角整齐地放了一摞书，其中多半是世界名著。

床是蓝色的，因为被子和床单都是蓝色的，蓝色有些忧郁，很符合她的性格。

后面一道门直通阳台，门的两边又是两扇玻璃窗，所以屋内光线很好，阳台正对着正在建设中的电影院，听说一个月后就竣工了，真好，终于可以看电影了。于是，站在阳台上的我开始这样幻想，幻想一个月后的每个晚上，我都能挽着她的手，走进这家听说是全成都最好的电影院，为她抢个最佳的位置，一同感受电影带给我们的风花雪月和地老天荒。

阳台朝南的一个角落摆放了一个陈旧的碗柜，里面尽是锅碗瓢盆什么的，和游兰们一样，她们偶尔也自己做饭。用她们的话说，她们这是在努力尝试当家庭主妇的滋味呢，碗柜的旁边是一个临时搭起的木架，上面放的是她们的洗漱用具，她刚换下的同样是蓝色的床单就整整齐齐地叠放在旁边一个蓝色的盆里。

我端起床单走出她们宿舍，走出宿舍时我忽然有种喝醉酒般轻飘飘的感觉。

刚把床单浸泡好，她推门进来。

"让我来吧。"她说着朝我蹲下来，蓝色的裙角拖到了地上，她慌忙拉了起来。

"不用，你晚上要写东西，白天又上班，有时间就休息一下吧。"

"可是，"她微笑着说，"我还没让男孩子为我干过活呢，连我弟弟都没有。"

我笑了起来，说那你暂时把我当你弟弟呗。

她又笑，这次终于露出了牙，然后问："你怎么忽然想起帮我干活呢？"

"没什么呀，"我说，"闲的无聊，再说你工作太累了。"

她没再说话，默默地看着我的双手不停地在盆里搅动，看着那缤纷的泡沫随着我的搅动不停地从盆里溢出来，流到地上，缓缓地四散开去。

"你看它们，多漂亮。"

"什么？"

"我说这泡沫，虽容易毁灭，但是五彩缤纷。"

"是啊，所有的精彩所有的辉煌，其实就那么一瞬间。"

"嗯——"她又低头沉思了一会，站起身来，坐到我床上，拿起一本书翻看了起来。

"你看过这篇《日落紫禁城》么？"

"看了，"我回头看了她一眼。

未再说话，整个世界就剩洗衣声。

有汗流了出来，流过我的脸颊，流过我的下颌，一滴滴落到盆里，和泡沫一块，转眼化为虚无，还有一些流经我的背脊，渗入我的衣服，还没来得及成为水滴，便被吞噬。

一个半小时后，腰酸背痛的我心花怒放地站起身来——我终于知道什么是真正的为他人作嫁衣了。

"好啦。"我一脸笑容。

她"哦"了一声，仿佛刚从甜美的梦里醒来，"真快，看，如果有台洗衣机该多好。"

"是啊，要不，以后你就把我当作你的洗衣机吧。"

"好！"她又笑，奇怪地笑，好像在看人民公园里骑单车的猴子。

"你——真傻！"她忽然止住笑声，默默地凝视了我一会，"你怎么这么傻？"

"别胡思乱想了，"我说，"再说这有什么嘛。"

"那，以后你就时刻准备忍受我对你的残忍吧……"

还想说什么，她搁在床上的电话忽然响起，她一把抓起，飞快地跑了出去。

"对不起，"两分钟后她把脑袋伸进来，"我有同学来找我，我得出去一下。"

话未说完，她风一样地离去。

2

到隔壁宿舍喊游兰，游兰不在，刚回到宿舍坐下，她却气喘吁吁地跑了进来。

"文航你找我？"

"跟我晾东西去。"

"OK。"一边应着，随手端了一盆就走。

来到一楼，天忽然变得阴沉。

"不会下雨吧？"她问。

"你可以问问天。"

"咦，你的手怎么了？"她刚要发火，指着我的左手嚷了起来。

我正要把一条枕巾晾上，听她这么说才感觉左手有点不对劲。

"那是什么？红的……"她说着一步跨过来，抓起我的手，"哇，血！怎么会出血了？"

我的左手出血了，此时，那鲜红的液体从左手腕一块发红的皮下渗了出来。

"搓伤的？怎么这么用力？！"

忽然感觉那地方有点疼。

"没事，"我说，"这点算啥？"

"你——"她忽然瞪着我，"你不会是帮那女的……"

"没，洗我的。"我看了她一眼，"笑话，你也不看看我是谁。"

"你骗谁呀？！"

"嘿……"

"哼，你看你，小心你的血呀，笨蛋！"停顿一秒钟，又说："哼，那臭女人，怎么能这样？！那臭……"

"你少多管闲事！"我冲她嚷。

"这下承认了吧？"她轻蔑地看着我，"真不是男人，自个儿晾吧，白痴！我才不想充当什么……"

下面的话硬被她生生给咽了回去，之后她把原本已晾好的一条围巾从晾衣绳上扯了下来，用力甩在地上，又瞪了我一眼，头一扭，径自走了。

3

急诊科坐诊的是位年迈的专家，我在他对面坐下，他和蔼地朝我笑笑，问："同学，急诊科，怎么样？"

"很好呀。"我也笑，"就是有时太忙了。"

"有兴趣来这坐坐吗？"

"当然，二十年以后，当我变成您的样子。"

"哦？！"他笑得更开心了，"不过，你们应该超过我。"

又问："外科呢？外科怎么样？"

"外科也很累，特别遇到做手术更累，"我又笑，"不过，我很喜欢外科。"

"这是自然，男孩子喜欢外科，女孩子喜欢妇产科嘛，对了，来这里很长时间了，对我们医院印象如何？"

"医院非常不错，一来处于城乡接合部，位置特殊，所以它对这区域的贡献是很大的，"我由衷地说，"不过……"

"不过什么？"

"不过，我觉得我们应该加重技术人员的培养，特别是年轻骨干医生，比如多到省外知名医院进修，毕竟我们医院的医疗水平相对来说不高。如果能再接诊一些特殊病人，就完美了……"

"不错，"他点了点头，"这也是我们医院未来发展的一个方向，那我问你，什么样的医院才算得上真正的好医院？"

什么是好医院呢？我一下子没答上来。

正天马行空地想着，门外忽然传来一阵脚步声，还有撕心裂肺的哭喊声。

"医生！医生！快！快……"

我还没反应过来，对面的医生早已冲了出去。

"怎么回事？"

"快，菌子中毒！"

"快，快扶进来！"

两个病人同时被扶进来躺在床上，扶病人来的那位满头大汗的家伙一个劲地在旁边手忙脚乱但就是越忙越乱。

"去挂号！"那大夫说着，飞快地递过一张处方，那人接了，飞一样地跑了出去。

"同学，快帮忙测生命体征！"

"哦！"我慌忙应着，飞快地给两人夹上体温表，同时又手忙脚乱地拿起血压计。

"老师，血压低得厉害，现在怎么办？"

"唉！"叹着气，同时飞快地抓起电话，"小刘，快下来做个心电图！"

不一会，美女刘气喘吁吁地跑了进来。

刚才跑去挂号拿药的家伙跑了回来，"大夫，我们身上带的钱不够，您看，您能不能去跟药房交涉一下，先给病人用上药，我们待会再补上，一定会补上！"

"护士，先给他们用药，先救人吧。"

护士手脚倒麻利得不同凡响，眼睛一眨，两组针水分别注入了两人的体内。

"大夫，他们怎么样？有没有生命危险？"

"暂时没有。不过还得继续观察几天，去筹钱办一下住院手续吧。"

医生淡淡地说完便不顾我们转身走了。

4

从急诊科出来 ，透过窗户，远远还看见刚才那三个人，相互搀扶着，歪歪斜斜地下了医院门口的石凳，正要往平坦的马路上走。

外科医生办公室里，芮馨一个人呆坐着，此刻正低头伏案，不知在写些什么。

"Hello！"我跟她打招呼。

"Hello！今晚没事吗？"她抬起头朝我笑笑，又低下头，继续移动她手中的笔。

"没什么事。"

"你老师呢？"

"不知道，咦，今晚不上班你跑来这干啥？"

"宿舍里来了几个男人，正在那疯狂着呢。"

"你不喜欢吗？"

"我喜欢一个人的清静，你帮我看看这些作业。"

我接过，原来是一份解剖学试卷。

"对呀——应该——没什么问题了。"

看完了，递给她。

"我觉得你好像有心事，你认真看了吗？"她朝我眨眨眼睛，直言不讳。

"可能吧，不过也不知道。"

"出去走走吧。"为了打破这份尴尬，我站起身来说。

"你在上班呢。"

"没事，跟我老师说一声。"

"算了，你还是安心上班，哦对了，你帮我看看我们宿舍的那些男人走了没有。"

我走出办公室，从这里可以直接看到她们宿舍，此刻那儿还亮着灯，好像没有什么疯狂举动的存在。

"可能走了吧。"我在心底这样说。

"还没走呢。"可我说出口的却是这样一句，我也不知道为什么要这样说。

她又看了我一眼，之后站起身来，又看了我几秒钟，然后默默地收书。

收完了，又擦擦桌子。

"我走了，你安心上班。"说着，走出办公室，头也不回，外面苍白的灯光和蓝色的墙壁即刻把她包围。

5

一夜没事。孤孤单单一个人趴在办公桌上一觉睡到天亮，或许是入睡时心情极不平静的缘故，睡着后做了许多关于女孩子的梦，梦到小时候的一个伙伴，甩着小辫气喘吁吁地跑来，跑到跟前却变成了陈列；又梦到游兰，怀抱着大堆烂糟糟的废纸，高兴地对我说，"文航，你的画集出版了……"最后才是芮馨，这个芮馨的梦做得更离谱，我们两人泡在水里，死在水里，死在温暖而幸福的海洋里。

微笑着回忆了几遍我的梦，又想起芮馨，不知昨夜她睡得如何？有没有做梦？做了些什么样的梦？会不会梦到我。

交接完班，到医院职工食堂吃了点早点，又买了几个馒头提着往回走，正走着，远远看见七八条汉子大声嚷嚷着往医院大门内挤，同时还不时爆发出声声悲喊。

"外科又有麻烦了。"我默默地说。

脚步加快，一口气奔进医院又奔上三楼，到宿舍时才发觉又忘带钥匙了，忙回头去敲芮馨的门，但敲了半天没人应，只得把馒头挂在她门外，转身又往外科跑。

外科抢救室此时挤满了人，最中间的周功和他老师仿佛被周围的人群踩在了脚下，靠墙的床上停了一个人，说他是停着而不是躺着，因为我第一眼见他就知道他已经死了。

我挤进人群站在周功身后，那是一个只有十七八岁年纪的小伙子，全身赤裸着，浑身的肤色早已发青，只有小腹下挂了条裤衩，青蓝色的裤衩皱褶处集满了泥沙，腹部鼓得像个皮球，呼吸运动和其他生命体征早就不存在了。

"怎么回事？"我拉拉周功，低声问。

"溺水死的。"他回头看了我一眼，用更小的声音回答。

"多长时间了？"

"估计半个多小时了吧，送来就这样了。"

"不用看了，"周功的老师在嘈杂的人群中清了清嗓子，高声说，"谁是死者的家属？"

"家属没在。"同时有几个人抢着答。

"通知了吗？"

"还没有呢，我们根本不认识。"

"报警了吧？"

"报了，我就是。"话声中，一位身穿警服的青年努力从人群中露出半张脸来。

"你跟我来。"周功的老师说着，径直走了出去，那警察也挤出人群，跟着去了。

"太可怕了，我从小就在那儿玩，可从没想过会有个漩涡……"

我回头看，说话的是位年龄和死者相仿的男青年。

"是啊，我也经常去那儿……"另一位接上说。

"我也是……唉！"

"咦，你们快看，他浑身都发紫了！"

"咦，还有白沫从他口中冒出来……"

"……好快呀，从听到他的呼喊声到把他救上来最多也就五六分钟，唉，真是太可怕了……啧啧！"

"是啊，这生命，真是脆弱。"

"死去，其实就跟睡去一样啊！"

6

死者总算被抬走了，我长呼出口气，心里一直想着刚才那些人说的话：

"是啊，这生命，真是脆弱。"其中一个这样说。

"死去，其实就跟睡去一样啊！"还有一个这样说。

"这生命，真是莫名其妙……"最后离开医院的那位这样说。

……

还有那匆忙赶来的死者的父亲，一个年过半百衣着褴褛的农民，伏在儿子早已僵直的尸体上，欲哭无泪，只一个劲地重复着说："怎么就没了呢？怎么就没了呢……"

于是我的心情就更加沉重起来，虽然我来医院已有几个月了，也早习惯了每天面对的死亡，但当看到一条生命——哪怕只是动物的生命在忽然间无端消逝，心情也难免沉重，更何况是一位比我还小的青春少年。

心神不定地回到宿舍，馒头还挂在芮馨门外，说明她还没回来。

"会去哪里了呢？"

躺在床上，又想着刚才的事情和刚才那些人的话，想着想着，不知不觉睡了过去。

但睡眠终究很浅，不一会，便被一阵轻微的敲门声唤醒。

打开门，芮馨站在门外。

"你去哪儿了？"我看了她一眼，看她满脸的愁容、满脸的疲惫。

"出去走走，顺便给你买了点东西。"

说着，手从背后伸出来，把一个鼓鼓的黑色袋子放在我床上。

"是什么？"

"我好累。"说着，坐到我床上。

"你怎么啦？昨晚一定没睡好。"

"你怎么知道？"

我怎么知道？我摇摇头，我知道，但我不知怎么回答。

"昨晚确实没睡好，我把那中毒的人喊了回来，给他们交了点医药费，让急诊科医生做了处理……"声音很轻，她做事从不喜欢张扬，"回宿舍时那些疯男人还在，总是赖着不走，你知不知道，我当时就差没把他们轰出来。"

"那为什么不把他们轰出来呢？"

"甭提了，都是些无赖——唉，早上又不习惯睡懒觉，出去外面，又被人扒去了钱包，真是倒霉！"

"扒——"我像触了电似的从床上跳了起来，"丢了多少？"

"一个多月的生活费全没了，唉，真把我气得——还好，先把你的东西买了。"

"该死！"

"你别打扰我，让我躺一会。"

说着就躺下，忽然大声喊痛，整个人就弹了起来，原来是把那鼓鼓的袋子压在身下了，我忙把那袋子提了起来，她小声嘀咕了几句，又躺下。

袋子好沉，打开来，原来是尊大卫石膏头像，这是前几天我们一块逛街时在一家工艺品商店看到的，当时由于没带钱就没买。

我把它摆在床旁的桌子上，心中忽然有种说不出的感动，芮馨表面的冷傲一度让包括我在内的许多人误解，其实，她一直是个细心的人。

默默地看着她，她侧身而卧，乌黑的长发披散下来，有意无意地遮住了她的半张脸。奇怪，我碰到的许多女孩大都喜欢让头发遮住半张脸，忽然又涌上那句一直没敢跟她说的话——我要跟她说么？她一定没有入睡，而且还感觉到我一直在目不转睛地看着她，因为她的脸逐渐变得绯红，她也感受得到我眼眸中那炽热的感动。

忽然，她又翻了个身，这样她整个人便扑在床上，这样躺了一会，可能觉得不舒服，又翻了过来，把脸对着我，于是又有那么几缕长发洒下来遮住了她的脸，我不由自主地伸出手，把那几缕长发拨了开去，她那冷气十足的脸就完全呈现在我眼前。

二十分钟后，确信她已入睡，为她脱了鞋子，天气太热，我把被子抱起，给她盖了一件我冬天穿的外衣。

"芮馨，我出去走走，等我回来一块吃饭，睡梦中的你像美丽而神圣的国宝。"把写了这话的字条压在石膏像下，我悄无声息地出了宿舍，此刻我需要呼吸一下新鲜空气，更要好好想想我以后的路。

7

医院的斜对面，是一家教堂。

教堂门外不远的马路两旁，紧挨着搭了许多太阳伞，一些小商贩占道经营着，嘈杂的喇叭声跟不远处神圣的教堂格格不入。

我犹豫了一下，刚要离开，却见游兰一个人从教堂走了出来。

我有点惊讶，没想到她会去这种地方。

我曾去过几次教堂，但每次都只是去坐坐，从没想过祷告或者忏悔。

我定定地看着游兰走出教堂后，走向另一条街，我在她后面喊：

"游兰！"

她没听见，附近太吵了，她一个人向远处的菜市走去，不一会便消失在人群中了。

我走进了教堂。

肃穆的教堂里，有几位老人在静坐祷告。

我在教堂的最后位置坐了下来，静静地倾听那些忏悔声和祷告声。

教堂背后，是一段废弃了的铁路，一个小时后我出了教堂，上了铁路。

火辣辣的阳光把原本冰冷的铁轨烤得发烫，我脱下外衣，戴上太阳镜，看着旷无人影的四周。铁路废弃多年了，铁轨下长满了小草，铁路的两边，尽是些齐腰高的小树，上面印上了金灿灿的太阳光，偶尔也会有几只不知名的小鸟从树丛中飞起，掠过我的肩膀，但都没有声音，仿佛一尾尾闲游的鱼。

整个世界，就我一人的声音，就我一人的心跳和呼吸的声音。

我又想起游兰，她和高翔好像到了连话都不说的地步了。有一天，好像是她俩分手后的第三个晚上吧，那时芮馨还没来，她打电话过来，问我，"你知道为什么吗？"

我当然明白，但有些事，挑明了就失去了意义。

有时我觉得自己更需要忏悔，特别是刚才在教堂里，我甚至不由自主地走向了忏悔室，但最后却没了勇气，我为自己没去忏悔找了这样一个借口：强迫自己忏悔，本身就不够虔诚。

8

回到医院，心情平静不少。

芮馨还没醒来，盖在她身上的衣服被踢到了地上。

呆呆地看着她平静而安详的脸，她的脸不算很美，但在我眼中，这却是张如画的脸。以前曾听过许多有关她的风言风语，说的都是同一个意思：此人没有骄傲的资本。虽然她怎么说也算个少年作家，但女人最大的资本还是要貌美，所以她在别人特别是游兰她们的眼里根本算不上什么。

忽然涌起想吻她的冲动，我不知道自己在她心中是占什么位置，我甚至不知道我在她心中是怎样的一个人，因为就连我自己都不知道自己是个什么样的人，或许，我也只是她生命中一个毫不起眼的匆匆过客。但是我，只要能和她待在一块儿，就会感到无比的快乐无比的满足，哪怕彼此之间没有一句话。而一旦身边没有她的存在，我又会感到莫名的失落莫名的孤独，这种滋味，让我幸福着也让我痛苦着，同时也无可奈何着，我仿佛不是在为自己而活，我是在为她而活着，没有她，我的生命将变得毫无意义——甚至连我整个人都会消亡，没有她，不可活。

忽然又有一种想把她画下来的冲动。

对，把她画下来，把她此刻的美丽变成永恒的存在。

握紧画笔，铺开画纸，她侧身而卧，如云的长发遮住她半边如画的脸，双眼安详地闭着，嘴角含笑，细长的眉毛是那上弦之月，又似那马良笔下美工……

我心目中的女神，她的存在是我唯一的奢求。

两个小时的忘我，两个小时的汗流浃背，搁下画笔，呼出一口气，正自我陶醉。

"画好了么？"她突然睁开眼睛问我。

"呵，"我自嘲地笑笑，"你知道？"

"好一会儿了。"她说着翻身坐起，看着我不好意思地笑笑，双颊又扬起一片绯红。

"送给你。"我把它卷起来，递给她。

"哦！"她一愣，继之高兴地接过，"谢谢！"

"我没这么漂亮吧。"看了看画，又说。

"在我眼中你是最漂亮的。"

"可这不像我呀。"

"高兴不？"

"当然了。"

笑了笑，又问："这世上最快乐的有三种人，你知道是哪三种人吗？"

"不知道，你说呢？"

"你现在快乐吗？"

"我？当然啦，当我完成一幅自己满意的作品，我都是非常快乐的。"

"所以你是第一种人。"

"到底是什么人？"

"画家和模特，当画家和模特呕心沥血完成一幅成功的作品自我陶醉时，他们是最快乐的。"

"哈……我又不是画家，你——倒真像个模特。"

"都差不多啦。"

"那第二种人呢？"

"历经千辛万苦，把病人身上的肿瘤成功切除的外科医生。"

我点点头，忽然想起那天晚上急诊科的事情，不由就笑出声来。

她看了我一眼，接着说："最后一种人，是平静而安详地为孩子哺乳的母亲。这三种人，是最快乐的，除了他们，世界上再没有人能真正像他们那样的快乐。"

我点点头，由衷地说："你说的对，我希望你也能成为这其中的一种人，比如，平凡但快乐的母亲。"

"那是一定啦，是女人，谁不会成为母亲？"

"所以，你一定会是最快乐的母亲。"

"谢谢，我也希望，你也能成为其中的一种人，比如成为备受人们尊敬的外科医生。"

"备受尊敬？"我脸一红，尴尬地笑笑。

"其实，医生理应受到人们尊敬的。"

"哈……"

"你别笑，我是说真的。"说话间她站起来往外走，"谢谢你的画。"

"对了，"她又在门口回过头来，"等会儿去吃大理风味吧。"

9

大理风味米线馆，其实店面很小，但吃的花样却挺多，味道也很好。

"而且经济、方便、卫生，大理风味米线馆，真的不错！大理风味，真好吃！"以前住隔壁的那位黑炭头总是这样絮叨。

其实很多人都这么说，所以里面总是宾客满座。

以前经常和朋友来吃，一来真的很实惠，对于我们这些身无分文的穷学生，这是最重要的；二来，我们不少大学同学都是从云南来的，爱屋及乌，也就喜欢去。

今天也不例外，风风火火赶到那里，早已找不到座位，有几个小学生甚至把食物端了出来，顶着火辣辣的太阳蹲在马路边吃。

"怎么办？"芮馨问我。

"咱们带回去吧。"我说着去排队，"你吃什么？"

"煮米线。"

"喂，来两碗煮米线带走。"

我真的很穷，虽然我曾经有过一个当县长的爸爸，但那早在几年前就成了历史，历史不会重演，所以我很穷；同时爸爸在坐牢期间又做了肾移植手术，家里又欠了一屁股债，所以，我家很穷故而我就更穷；还有就是，二叔辞职后投资办厂，但不到一年，便亏进去了几百万，还有，我妈妈丢了工作……总之一句话，我家穷，我真的穷。

因为穷，所以每当我和芮馨需要点食物充饥的时候，我们就不约而同地想起这家米线馆，想起那五块五一份的煮米线——想起那五块五一份的"味道好极了"的煮米线。

"味道好极了。"回到宿舍她边吃边说。

"嗯——"

"真的，味道不错！"

我怎么会这样的穷？！

"以后咱俩天天去吃。"

我站起身来，伸了个懒腰，拿起杯子为自己倒了杯水。

"你在想什么？"她见我好一会儿不说话，问我。

"我在做梦，做白日梦。"

"做什么样的白日梦？"

"我要在三年内小有成就，你认为呢？"

"嘿，这怎么是做梦呢？你一定行啊。"她挺认真地。

"说真的，毕业以后有什么打算呢？"

我笑了笑，看了看窗外。

"我是问你真的。"

"前途一片渺茫，如果能在成都找份工作暂时安定下来那是最好，不过，我认为希望不大，你呢？不是说要回家写作么？"

"我爸爸不同意，他要我考研。"

"那——太好了。"我转过身背着她，把喝剩的水倒进了下水道。

"说真的，三年以后，我希望你来看我，开着你的马车，带着你的妹妹，带我去兜风。"

"好，"我说，"我开着马车带着妹妹去你家接你。"

"我等着你，可是，三年真的可以吗？"她忽然对我有所怀疑。

我感觉自尊心受到小小的打击，不过我没有反驳，我想了想，说："三年可能不行，就五年吧。"

看她一脸的认真，我也飘飘然了，我动情地说，"五年后，我带你环游世界，第一站我们去西伯利亚。"

大四上学期，她跟同学说她以后最大的愿望就是去各个国家走走——最好所有国家都走一遍，第一站她想去西伯利亚。

"好，"她笑，"好，就五年，我等你五年。"

九

我清楚地记得我和学友张的手碰到一块的时候浑身颤抖了一下，跟着隔夜的食糜在胃里翻滚起来，我差点吐出来……

1

　　这一年的秋冬飘了好几场雪，杨臻对美女刘的暗恋在雪地里开始，然后在雪地里苦苦挣扎，最后被雪霜冰封，被迫在尴尬中结束。

　　从他一开始说要追美女刘开始，我们就一直找机会打击他，周功还曾不止一次地在他背后吐口水，"这贼头贼脑的都敢追美女刘。"为了追美人他先是戒了酒，其次是天天送玫瑰花，"酒钱用来买玫瑰。"他说，"可惜这里没有好点的花店。""你不怕痞子李揍你？"周功问他，"那可是院长都怕的角儿。""有点怕，不过，大不了跟他单挑，你们也要帮我啊。""有多少胜算？""该有百分之八十吧，"他犹豫了半分钟，"只要学友张不出现。"小样的第二天真的就去买玫瑰了，医院的门口就有卖玫瑰的小贩，用三轮车拉来，一捆捆扎着卖，四元钱一捆，杨臻买回一捆数了数，"哇，奶奶的怎么这么多，有二十朵啊！""现在的女人都价廉，"我说，"有的还打折。"然后就怂恿他去送花，但他可能有些不好意思，刚到门口又返回来，说这样明目张胆的，我怎么拿过去啊，这全院的人。周功说你夹在胯下带过去，我保证美女刘今晚就让你睡。他骂了周功一句，从床头上拿了一张报纸包着走了。周功在他背后开玩笑似的对我说看他这贼头贼脑的都敢追美女刘。

而杨臻的灾难也从此开始，以前我们总骂女人爱上男人后就成了莫名其妙的动物，但当我们一个个有了心仪的女孩之后才发觉男人更是莫名其妙。像杨臻，有时就因为美女刘不经意的一句话甚至一个眼神都要闷闷不乐地猜测上半天，而后来，当学友张出现之后，此人更是为伊消得人憔悴。有时由不得你不承认女人具有超乎男人想象的巨大魔力，为了自己心仪的女人，男人可以顶天立地，更可以一蹶不振。

2

学友张出现那天我和痞子李在B超室上网下象棋，严格来说是我指导他跟人对弈，后来美女刘忽然从外面屁颠屁颠跑进来对着痞子李和我狂吼，"哥们儿你说我看见谁了？真邪了。"后来才知道学友张出现了，学友张，几年前和美女刘首次相遇时的身份是中山医科大学研究生，而几年后的今天，小样的已是成都某知名医院肝胆科专业骨干，"找你要饭来了？"痞子李不屑地看着她，"别让我看见，不然让他出不了我们医院的大门。""人家现在是指导工作来的。"美女刘双手叉腰，吹鼻子瞪眼，"老娘有点自卑啊，我跟男神的距离是越来越大了。"

"他还记得你吗？"痞子将了对方一军，"我猜人家早结婚了。"

"唉，"美女刘长叹一口气，"我还没上去打招呼呢！不行，我这就去和他相认。"说着又跑出去了，她那口气她那架势，好像要去见从未谋面的老爹老娘一样。

"惨了，"痞子李又将了对方一军，骂了一句这么差的棋术还来丢人现眼，然后说，"这人精神有问题，还不知这以后要被她弄出什么麻烦事来。"

"怎么说？"

"其实我认识张学友，我们是初中三年的同学啊，人家两年前就结婚了。"

"哦，那你怎么不跟美女刘说清楚？"

"我是怕她那个疯劲，谁知道她一气之下会干出什么事来啊，以前我就对老张千叮嘱万叮嘱，说兄弟你可千万别来我们医院啊！这倒好，唉，这疯婆娘！不行，我得看看去。"

他说着把残棋让给我，又交代我看好科室，就自个去了。

我透过B超室窗户看对面外科，几个年轻的护士在病房内外奔忙着，美女刘在办公室门外的走道上低着头搓着手来回回踱着步，随后看见痞子李跑了过去，口中嚷着美女，B超室有病人你快去看一下。美女刘回头看了他一眼，大声笑骂，"看你那小样还想骗我！"随后便看见外科主任跟一位年轻医生从外科办公室走了出来，美女刘一步三跳着迎了上去，之后几个人不知嘀咕了些什么，然后便看见美女刘跟那小伙子两手握上了，痞子李却转身往B超室这边来了。

"唉，我真想骂娘。"痞子李走了进来，"美女也老大不小的了，在这种事上就是不开窍。"

"学友张做什么来着？"

"来帮病人做逆行胆管造影，我就看不起这破医院的破专家，这多大点事情都搞不定。"大声骂着坐到电脑前，"来，咱俩杀他个片甲不留。"

3

学友张来拉我的时候我就差没一拳揍过去，但后来还是忍住了，那是一双什么样的手啊，那是男人的么？十指尖尖也罢，细皮嫩肉也罢，但我就是受不了那种柔若无骨的感觉。我清楚地记得当我俩的手碰到一块的时候我浑身颤抖了一下，跟着感觉隔夜的食糜在胃里翻滚起来，我差点吐啦！我第一个反应就是闪电般缩回手，同时在心里问候了他本人和他父母一句，我在心里说我的天哪，你怎么弄出这么个不阴不阳的玩意？然后我发现他的嘴唇动了一下。我问他你说什么，我又看见他的喉结上下运动了几下，同时深吸了口气，他终于开口说话，像鼓了天大的勇气，他说："我说认识你真高兴！"

"哦，是这样啊，"我也深吸了一口气，"你说话我怎么听不清啊？我说朋友，我可受不了你讲起话来像个娘们样。"

随后他的脸红了一下，我以为他要生气了，却不料他只是笑了笑，说怎么会，小兄弟你可真会开玩笑呢。

我说你倒让我想起我大学时的一个同学。

他说是吗，真高兴，说来听听呀。

我说可是他在大二那年被学校开除了。

"哦，真不幸，会发生这种事？"

"他把人搞大了肚子，就算学校不开除他他也没脸待啊。"

"啊，"他大叫起来，满脸的同情和不平，"他真可怜啊。"

"后来我在一家医院遇到他了，他告诉我说他的前列腺发炎了。"

"啊？！"

此后学友张就经常来我们医院了，当然是工作上的事，而他的绝大部分工作又必须在B超室才能完成，这就更让美女刘有了抛媚送眼的机会。

但美女刘也很快就知道学友张已经结婚了。

4

　　周功和杨雪最近发生了一点小矛盾，原因是周功跟老相好联系上了，听说就是这相好让周功成了真正的男人。周功也未置可否，但他说现在已不存在男女关系，"不就一个普通朋友嘛，杨雪生的什么气，犯得着不理我吗？"那晚上周功对着电话这样苦苦相求，甚至连"你不理我，你让我去卧轨跳楼好了"之类琼瑶式的招牌话都用上了，但杨雪还是不理他，而我们却在这边气得牙痒痒。

　　在对待女人的态度上，痞子李和周功恰恰相反，"千万别给她好脸色，你越抬举她她越不知好歹，该打就打该骂就骂，老子没有她照样潇洒地活下去！"这话是痞子李说的，卫小月和他真是一天一小吵三天一大吵，一吵起来卫小月就会骂这样的话：你这畜生，老娘认识你真是瞎了眼了我……

　　"痞子李倒不像畜生，痞子李是我的偶像呢。"高翔说，然后强调，"女人么，有什么了不起，老子多的是！"

　　美女刘还是经常训他的，说他对卫小月关心不够，但一直都没什么效果，我说你这臭脾气再不改谁还敢跟你？他横了我一眼，说那我就上美女刘去。后来我把这话传给美女刘了，美女刘气得骂娘。

5

在方琪的帮忙下，陈列到那家酒店上班了，满十天我去找他，他说一切都很顺利，只是看见美女就头晕，我说那你追一个啊，他不好意思地笑了笑，说我还在想着亚楠呢。我又问他钱够不够，他说吃住全包了基本用不上钱，我说你的鞋也太烂了，要不去我那换一双，后来就到我那里拿了一双七成新的。记得高中有一年的冬天飘了好几场雪，有天晚上我清晰地听见他冻得哆嗦的声音，我便抱了被子过去跟他睡在一块，然后他很快就睡过去了，而我一晚上没睡着。那时他老爸根本就不管他，听说挣了钱就塞到女人裤裆里去了。而我们的真正交往应该从高中第一学期快结束时算起，那个年代的我们，或许是中了香港四大什么的毒，有事没事总爱买副墨镜戴上。有一次，同宿舍的一哥们新买的一副墨镜丢了，因为当时宿舍中没有墨镜的人就只有陈列，那哥们就一口咬定他的墨镜是被陈列偷了，为此两人差点打起来。最后我对那哥们说，我敢保证陈列没偷你的墨镜，说实话当时我说这话时还真有点心虚，因为那时我还不太了解陈列这个人，只是一时冲动就挺身而出，而后来的事实也证明陈列真没偷他的墨镜。从那以后我和陈列就开始频繁地交往了，但一开始我有点看不起他，当然，更要命的还是他的口臭，但日子长了也发觉这人其实不错，绝对是老师眼里的三好学生；而别人看不起他的原因可能是因为他太女人味了，说话哼哼，走路像大家闺秀，吃东西不是嚼而是吸，活脱脱一娘们。那时天气一热，宿舍的哥们除了他以外都只穿内裤，可他却连外衣都很少脱，为这我们没少打击他；而我对他好的主要原因就是小样的每时每刻都跟在我的屁股后面，我俩的这种关系一直持续到高三上学期。

我和陈列出现隔阂是因为他当着五六十人的面吼说：我有心爱的女人，就是亚楠。那时在别人眼里，我和亚楠是有一种不正当关系的，现在回想，亚楠可以算是我的初恋吧。那件事以后他就很少来找我了，有时甚至是躲避我，好像欠了我几万块。看见亚楠就更躲得远了，高中快毕业的时候亚楠对我说，整个高三，她和陈列没打过一次正面，更别说交谈了，亚楠说最受不了他那游离不定的目光。高考时，陈列和亚楠都是被云南大学录取的，当时我想，这两人可能真会有故事呢，我也曾在亚楠面前帮陈列说过一些话，我也一直以为两人都到云南大学了，但在我大二寒假从北京回到四川，亚楠才告诉我说陈列根本没去读。陈列的真正不幸不是因为他母亲死得早，而是他没有一个好父亲。不过听到这消息后我却真的有点看不起他了，甚至对他以前的那点同情也不在了。我当时就对亚楠说，如果我真要读书，没人能阻止我。我这么说是有底气的，我平时虽然骄傲，但该放下面子挣钱时从不含糊，比如假期甚至周末出去打零工是常事，这在一定程度上也减轻了家里的负担，更重要的是，我相信这些经历一定能让我将来踏入社会时可以昂首挺胸。

陈列的父亲是他们乡政府的一个小贪官，但陈列说起父亲来却说那是个老色狼，"他每月那几百块的工资就全塞到女人裤裆里面去了……"他每讲起他父亲都咬牙切齿，仿佛不是他父亲而是他的杀父仇人了。

"我真后悔来这个世上，如果我妈在世那该多好啊……"有一次他含着眼泪这样说，"现在我唯一的亲人就是我外婆了"。可惜，他这个唯一的亲人——他外婆也在他读高二下学期时被一辆疾驶的摩托车撞成了植物人，高三下学期就死了，死后留下一大笔医病的债款。

十

　　我把那水晶捧在手上，正猜想着她看到后会说什么。这时，她推门进来，第一句话就冲我吼，为什么要打张桔?

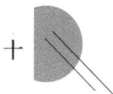

1

　　杨雪告诉我说11月8号是芮馨的生日，我说11月8号不就是明天吗？她皱着眉头想了几秒钟，拍拍脑袋，说我怎么过到哪天都忘记了。又问我有什么准备，我说我不知道，我长这么大没过过生日，要不你教我。她说我也不知道，不过我最喜欢水晶，我说我可买不起那玩意，她说，我说的是能不能买个仿水晶的东西逗她一下，因为大家是学生都没钱，她一定会理解。我吼了起来，说你吃错药了吗？她捏起粉拳打了我一下，说陈列酒店门口不远就有一家精品店，要不你去看看。又回过头对躺在床上的周功吼了一嗓子，你陪文航去！

　　我和周功出了医院大门，远远看见美女刘和学友张从对面走来，周功嘘了一声说这两个不会真的搞到一块儿吧。我说怎么会，男的儿子都有一岁了。他说这倒说不准，杨雪他老爸在杨雪五岁那年还甩了母女俩呢。说完回头看了我一眼，说你不过去打个招呼吗？我说我看见那不男不女的就来气，我就搞不懂女人啊，唉，刘医生怎么说也是个美女啊，怎么会看上这么一个不男不女的。是啊，周功说着笑了起来，看上那人妖还不如看上咱们文航啊。

"不过这家伙确实很帅……"周功吐出这么一句。

我和周功岔上了另一条路，在经过那家酒店门口时我朝里看了一眼，正见陈列手提电棒在门内踱着方步，我喊了他一声，他回头看见我们，笑着跑出来，我说怎么样，还习惯不？他说很好，继之紧紧搂住我的肩膀，说有个好消息告诉我，我说什么事这么高兴，他说从下个月开始他就不用干保安了，经理提他当大堂主管。我也乐了，朝他屁股上用力踢了一脚说儿子你倒为你爹争气了。"去你的，"他说，"现在你别跟我提我爸，不然我跟你急。"我说，"也是，你爸再亲也没有我们这些同学亲！"他给了我一拳，说，"我是在跟你认真啊你别气我了，"我拍了拍他的肩膀说，"你要好好干，说不定还会提你当大堂经理呢。""放心吧，"他拥抱了我一下，"你真是好哥们，读高中时我就没看错你。"我说，"明天是芮馨的生日，要不咱们聚聚吧。"他说，"不行，明天方琪老妈要来。"我一下子没反应过来，说怎么回事？他打了我一下，说方琪被我给睡了。

"啊！"我惊得说不出话来，"小样的不错啊，跟谁学的啊？"

"没法，"他说，"现在的女孩子特开放。"

"哦，不过对这种女人你可别太认真啊，会害死你的。"

"知道啦！"他又给了我一拳，还想反驳几句，忽然大厅里有人喊他，我往里面看了一眼，只见方琪正冲我们招手呢。

"要不进去坐会吧，"他说着伸手来拉周功，"我给你们每人喊个美女。"

"不了，"周功扭头冲方琪笑了笑，小声说，"现在的美女个个都长尖锐湿疣。"

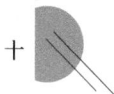

2

"这小子变得太快了，"在回来的路上我这样对周功说，"以前这小子对什么都特别认真，在男女事情上更开不得半句玩笑。"

"人都是这样的，环境改变人。"

"我总有种不好的预感，这兄弟忽然这么开朗，会不会出事？"

"管他呢，又不是你要他来的。"

"这倒是，不过毕竟认识这么多年又是家乡的人，感觉就更亲一些。"

"哎，说说你和芮馨吧，最近你们好像走得特近。"

"有一点，不过我总觉得自己配不上她呢。"

"为什么？就因为她那些光环，虚名？"

"嗯，或许是这样，唉，当初我怎么会看上她呢？"

"当初看上她倒没什么，关键是……"他犹豫了几秒钟，"关键是你以后能不能全身退出来啊？"

"连你也这么说？连你都觉得我和她没有希望吗？"

　　"兄弟，我这么说你可别往心里去，不过我倒不想骗你，她真的不适合你，以前有好几次我就想跟你说了，包括在学校的时候，怎么说呢，人家毕竟……"

　　"人家毕竟那么厉害，老爸还有钱，是吗？"我回头定定地看着我快五年的同窗，感觉心里被什么堵住了，闷得厉害，"你帮我提着这个，"说着我把手里装了给芮馨礼物的袋子递在他手中，人却朝地上蹲了下去，"我蹲一下，唉。"

　　他说的这句话，我都听过不知多少遍了，杨雪、云帆、张扬、痞子李、美女刘，每次从不同的人口中不止一次地说出来，我都听麻木了，可还是要听，唉，我都不知要怎么办了。

　　"是啊，"我说，"我也知道我配不上她，但我退不出来啊，从第一眼看见她我就无法自拔了。其实我不是没有考虑过，可还是控制不住自己啊。"

　　"所以你就决定咬紧牙关撑下去，是吗？"

　　"唉，走吧，别让我不开心了，就算我自欺欺人吧。"

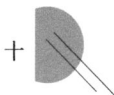

3

回到宿舍，我又往床上躺去，这时芮馨敲门进来了，我看她满脸笑容，心想这人是不是吃错药，不然怎么可能这么开心。我示意她坐到床上，问她是不是捡到钱了。她没答话，却一把将我的被子拽了起来，之后又笑。我奇怪了，说，"你怎么了，是不是生病了？没什么事你干吗啊你？"她没理我，把我晾在门外的鞋子提了进来，说你穿上。莫名其妙啊，我说，"来让我看看你哪里出毛病了？"

"你快穿上！"她命令一般，"等会咱俩上网看电影去。"

我翻下床来，她拉起我就往外走，我说，"现在电影院建好了，干吗还要去网吧啊那多脏？"她看了一眼，欲言又止，过了一会又说我就想去网吧。我说我还没吃饭呢，她说已经帮你带回来了，说着话她已到了她们宿舍。她把一盒饭递到我手里，说我的小说写完了，咱俩出去放松一下。"原来是这事啊，"我说，"用得着这么神秘？""对我来说可是大事啊，"她说，"明天我就可以联系出版了。"

我两下扒完饭，说，"你倒好，会写书，我什么都不会。""说什么啊，"她说着往门后拿了件风衣披上，说，"今晚咱俩看完电影再去唱歌。"

我和她出了医院，我说，"那咱们就别看电影了，不如趁早唱歌去。""不行，"她看着我说，"咱们就去上次咱俩去过的那家网吧。"

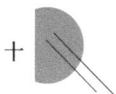

4

　　"其实我什么都不会，"她看着疯狂的舞池，扯着嗓门说，"我不会唱歌不会跳舞不会喝酒不会打牌，所以我不喜欢热闹。"

　　"那你来这种地方干什么？"我把她拉到一个人比较少的角落坐了下来，"和你一样，我也什么都不会，要不咱俩要个包间吧。"

　　随后我们要了个包间，我又问她怎么想到来这地方，"为下一部小说做准备，"她说，"我以前很少去体验生活，所以写出来的东西总让人觉得是在无病呻吟。"

　　"真羡慕你，如果我也会写东西就好了，像你一样，跟笔下的人一起笑，一起哭，一起成长，一起悲伤，一起海枯石烂，一起地老天荒……"

　　她笑了笑，站起来倒了杯水，问要不要唱歌。

　　"随便，不过，我更喜欢跟你聊天。"

　　"那，就聊吧。"她说着就去关音响，"我也喜欢跟你聊天。"

　　"哦。"

"我确实有这种感觉呢，"她在我的水杯里加了点茶叶，"除了小时候的伙伴，我一直都没有什么异性朋友，你是第一个。"

"哦，"我回过头看她，见她的目光也正从我脸上移开，"可是我总觉得我们不是一个世界上的，我像个外来物种。"

"可我没有这种感觉啊，是为什么呢？"

"我也一下子说不明白，不过我想，最主要是因为你那么优秀，而我整天无所事事得过且过自甘堕落……"

"嘻，你真可爱，怎么说这种话啊，就像小弟弟，"她又定定地看了我一眼，接着说，"其实，每个人的生活方式不一样，你这样也很好，你为人善良正直，充满正义感，而且，你有这么多朋友，一定是有道理的。"

"或许你说的有道理，但是，我希望……"我的喉咙像被什么堵住了，心里有许多话无法表达，"我多么希望我们……我和你之间的距离小一点，再小一点，起码让我觉得，我和你是生活在同一个世界。"

"你怎么这么在乎我们之间的这点距离呢？"

"因为……"我又把音响打开，房间即刻被歌声淹没，同时我擦了擦额头，在心里庆幸自己反应及时没把那几个字说出来。

"因为什么？"但她却感觉到了，说着就蹲到我身过来，红着脸看着我，"因为什么呢？"

我把音量调到最大，音响中吼着"为何要，孤独绕，你在世界另一边；对我的深情，怎能用只字片语，写得尽……写得尽，不贪求一个愿；又想起，你的脸，朝朝暮暮，漫漫人生路；时时刻刻，看到你的眼眸里，柔情似水；今生缘，来世再续，情何物，生死相许；如有你相伴，不羡鸳鸯不羡仙……"我抓起麦克风跟着吼了起来，"……对你的思念怎能用千言万语说得清，说得清……"

"你喜欢我，是吗？"一曲终了，她在音量小下去的时候问我，"我知道了，你喜欢我，是真的喜欢我。"

"你才知道？"我坐到她身旁，"四年了。"

"是真的吗？"她对刚才自己说的话又表示怀疑了，昂起小脑袋，双眸定定地对着我，"你真的喜欢我吗？"

"四年了，"我咬咬牙，又说，"四年，我都算过有几秒了。"

"几秒？"

"一亿二千秒多了，"说出这数字时我感觉我的呼吸急促起来，这是真的，闲来没事，我最喜欢算时间，"是不算长，但也不短了。"

"我知道了，我知道了。"她定定地看着我，"我知道了。"

"是真的，"我说，"可和你比起来，我太渺小了。"

她把目光投向窗外，窗外是没有星星的夜空，"你怎么这么在乎我们之间的这小点距离啊，从大三，不，应该是大二开始对不对，我就知道你喜欢我了，可你怎么这么在乎我们之间的距离啊！你就没想过要怎么做才能把我们之间的这段距离拉近吗？比如你可以多陪陪我，我们可以培养默契，培养共同的兴趣，培养共同的话题。甚至，培养属于我们的感情，属于我们之间……唯一的感情……"

她喃喃地说着，我默默地看着她的背影，感觉她的背影在我眼里逐渐变得清晰起来。

5

　　昨晚我终于吻到了我心爱的女孩，是的，我吻了她，芮馨，我先是拥抱了她，她没反抗，然后我就大胆地吻了她。然后我们紧紧拥着唱歌，唱累了，就相偎着坐在沙发上，再后来她沉沉地睡去了。

　　11月8日啊，阳光美好！

　　我说今天是你的生日呢，她歪着脑袋想了一下说，"是啊，这么快，我又长大一岁了，差不多该嫁人了。"然后伸手跟我要礼物，我说，"早准备好了，等会儿回去拿给你。"

　　11月8日啊，她笑着醒来，见自己还伏在我的腿上，不好意思地笑笑，说，"一晚上不睡你不累吗？"我活动了一下早已麻木的大腿，拉着她站了起来，我说，"二十三年前你就是这个时候从你妈妈肚子里爬出来的呢。"她说，"是啊，唉，怎么又老一岁了。"

　　我们就着洗手间的水龙头洗了把脸，这时太阳早爬到当空了，我问她饿不饿，要不咱们吃点东西再回去。她说不了，等着回去看你给我的礼物呢。

出了歌厅，见街道两旁摆满了各种小摊，我说，"真好，今天是星期天，都不用上班了。"她说，"怪不得，刚才我看见小白她们呢。"小白指的是游兰，因她以为自己长得白就这么自己称呼自己了。

"对了，"她在一个小摊前站住了，低下头把弄上面的几种小玩具，说，"小白还在纠缠你不？"

"没那回事，"我说，"小妹妹而已。"

"我知道，"她从兜里掏出几块钱递给那卖玩具的大娘，"不过我倒高兴。"

"怎么说？"

"越多的女孩子纠缠你我越高兴。"她调皮地朝我眨眨眼睛，"你知道为什么吗？"

"我知道，这说明我有吸引力呗。"我说着笑了。

"哈，"她更是笑弯了腰，用手指着我，"别臭美了，你也不照照镜子，就你那模样。"

回到医院，她躲进宿舍给她家人打电话去了，我跟周功拿了几百块钱。咬咬牙，到孙洁她姐处提了个蛋糕，心想我这么大还不知道过生日是什么样，就当给自己也过一次吧。

我要送芮馨的是一个漂亮的玻璃水晶，这是一个拳头大小的水晶，"插上电源，就发出七彩的光。"周功说，"杨雪最喜欢这玩意，我就是用这玩意把她弄上床的。"我记得那是在大三的时候，读大三的杨雪那个单纯啊，用自己最宝贵的东西换一个只能观赏几次的水晶。

我把它放在桌上，插上电源，看着它五彩缤纷看着它光芒闪耀。

女孩子大多喜欢这玩意，我也曾经给妹妹买过一个，不过那个很普通，不会发光，但妹妹还是爱不释手，只是后来她上初中时被同学不小心打烂了。

我默默地观赏了它一会，然后拨了电源，把它捧在手上，正猜想着她看到后会说什么，这时，她推门进来，第一句话就冲我吼，为什么要打张梏?

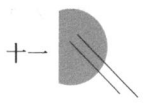

十一

那晚上我认识了很多艺术家，他们是诗人康贝尔和周小科，油画家佛山、剧作家牛小玲、小说家冯岩，还有个无业游民，自称行为艺术家朱志清。朱志清下一步打算去天底下所有贫穷的地方，为那些贫困的人表演饿肚子艺术……

1

　　作家陈邀我去她家做客，我想也没想就答应了下来，我问芮馨要不要跟我一起去，她怒气冲冲地说了声不去就关了门。我在门口愣了一会，心想不去也用不着这样吧，不就打了你的小伙伴吗，有什么了不起的？要不你出来我挨你几下打。我自个推门进去又说那你把你的小说拿给我，我请她帮你看看。用不着！她瞪着我，说着把抱在手里的枕头朝我打过来，我一把将它夺在手里，说犯不着嘛，再说高翔也被他打了，高翔这脾气你又不是不知道，没把那人往死里打算他走运了。

　　"滚，"她说，说着就来推我，"老子倒真看你不顺眼了。"我说你陪我去嘛，人家可是前辈，你们也可以多交流交流，"不去！"她又扯大了嗓门冲我吼，"有什么了不起，我还用不着她指点！"

　　我悻悻地退了出来，心想一个人去也没劲，干脆不去也罢，想着就掏出电话正要拨，电话却自个响了，原来是美女刘打来的，她说她跟痞子李都在作家陈那，要我赶快过去，我想了想，问学友张在吗？痞子李接过电话说在，不过你一定要来，最好带芮馨来。这时我倒真的不想去了，学友张那德行！我暗骂了一句。"快点来！"那边说完挂了电话，我又在门口考虑了半分钟。

回到我们宿舍，见游兰坐在我床上，拿着芮馨为我买的石膏像左看右看，我冲她吼，"你看什么，不小心砸下来你一辈子也买不起！"她说，"你今天怎么了，我这好不容易来你们宿舍一次。"我说，"爱来不来有什么了不起。"

她定定地看了我一会，然后倏地站起来，说你，"怎么了，这么莫名其妙，被人煮也用不着把火发我头上来吧。"她说着往门口冲，和我擦肩而过时我反手一把抓住她，我说，"你拽什么，快回去换件衣服等会儿跟我赴约去。"

我们在医院门口拦了辆出租车。坐上车时我心里对游兰很是内疚，但不得不对她说今天这车费由你付。

作家陈家离这不算远，但打车也要个十几块，我现在正闹经济危机，十几块可够我过一天了，昨天为芮馨过生日还让我贴了不小的一笔，不过后来她没过，我就当那些钱是被我扔粪坑了。还有前天晚上，唉！前天晚上花几百块就买到一个吻，想想就后悔！

"想不通，男人跟女人在一块，为什么总是要男人掏钱，而女人还总是怨这不好怨那不好，游兰你告诉我。"她看了我一眼，说，"这个问题她也说不清楚，不过好像有个男人跟我在一起从来都是我掏的钱！"她木然地看着车外，一字一字地说。我知道她说的那个男人是谁，我仔细回忆了一下，确定是这样的，我笑出声来，说，"天下女人都像你就好了。"

2

我们赶到作家陈家里时已聚集了好多人，我问痞子李这是怎么回事，弄得跟办喜事似的。他说他也不清楚，听说是搞一次艺术家聚会。晕，我说，"那请我们这些俗人干什么？""管他呢，我们只管吃。"他说着冲游兰笑了笑，悄声问我芮馨怎么不来，我说她大姨妈来了不方便。

随后我看见学友张，在客厅一角跟美女刘低着头窃窃私语。我拉着游兰走过去坐到他身旁，我说小样，怎么总是看见你。他和美女刘好像在聊一个有关胆结石的话题，看见我忙站起来，嗲声嗲气地说，"是啊，我很高兴见到你，"然后指着游兰说，"这是你女朋友？哇，这么漂亮！"我听了真想一拳挥过去，我发誓如果美女刘不在场的话我一定会一拳挥过去。

随后我看见作家陈笑吟吟地就朝我们这边走来，我高声同她打了声招呼，游兰拉了拉我说你怎么这么没教养，这么多人在还这样没礼数。我瞪了她一眼，说等会我还要跟她酒喝，喝醉了你背我回去。

以前我听美女刘说过，作家陈不允许客人在家里喝酒，好像是跟她死去的母亲有关。听说是她母亲买彩票中了三千块钱，一高兴灌了瓶白酒突发脑梗去世的。

作家陈端着盘西瓜走了过来，来到我们跟前时对学友张说，"这些都是小孩子，希望你能跟他们打成一片。"我笑了，说，"我不是小孩子了，我可是男人呢，是真正的男子汉呢。"美女刘瞪了我一眼，跟着游兰也揪了我一下，然后我就吃西瓜，我说，"今天这里男人不多，好像就只有两三位。"

"咦，芮馨怎么没来？"作家陈咧开大嘴笑了笑，回头问我。我嘀咕了一句说，"你当时又没说要她来。她有点不舒服，"我说，"但要我代她向您问好！""这孩子怎么了，"她把西瓜放在旁边的一张桌子上，"她可是今晚的头号嘉宾啊，我这宴会就为她举行的呢，不行，文航你回去喊她。"我为难地看了美女刘一眼，我说，"她真的生病了，早上还说好一定来的，下午就生病了。""算了，陈老师，"美女刘说，"以后还有机会呢。""哦，太遗憾了，"作家陈失望地摇了摇头，"对了，她哪儿不舒服，不会严重吧，可惜，我本来打算给她介绍几个有名的艺术家呢。"

3

那晚上我认识了很多艺术家，他们是诗人康贝尔和周小科，油画家佛山、剧作家牛小玲、小说家冯岩、朴石和朱子夫，书法家王申乙、歌唱家张德和郭黎，舞蹈家李蒙、模特儿孙蔓蔓；还有作家陈的老公钱小奕，钱小奕原来是个知名的篆刻家。还有个无业游民，自称是行为艺术家的朱志清。另外还有好多，都是有身份有地位的人，其中康贝尔就写些酸臭情诗，周小科擅于歌咏我们伟大的祖国伟大的党，佛山主攻西方油画，牛小玲多部剧本已被搬上荧幕，冯岩专写都市言情小说，朴石除了科幻小说外其他都不写，朱子夫写历史小说的时间已有我余文航的年纪的两倍多，王申乙是书法家协会的，名头也不小，另外什么歌唱家舞蹈家模特儿差不多隔三岔五就能在电视报纸上看到，但给我印象最深的是那位号称行为艺术家的朱志清。这可是个有趣的小伙，他跟我谈他所谓的行为艺术，他说他的艺术就是饿肚子的艺术，他说他不久前还在一家电影院门口脱光衣服站了三天三夜，这期间他没吃过一口东西，"我这叫为艺术献身，有人说我是疯子，那是他们不懂什么叫艺术，不过这里面的人都懂，你说是不是？"他抓住从身边走过的编导小和尚，"小和尚，你说是不是？""是，是，"小和尚礼貌地同他握了握手，说，"艺术需要献身，艺术需要献身！""艺术是需要献身，不过现在能为艺术献身的人太少了，"他挺认真地说，"唉，怎么说我也是清华大学毕业的，要不是为了艺术，我早有车有房有女人了，可我现在啥都没有。"

朱志清来自北京，为了所谓的饿肚子艺术，清华毕业工作了半个月就一个人走了，没跟家人打招呼，他说在离开北京后的某一天，他在拉萨的大街上表演饿肚子，有一个小男孩指着他说，你家人登报找你呢。吓得他没来得及穿衣服就跑，"我到过很多地方，中国真大啊，可已经没有我没到过的地方了，然后还要去南非，去印度，去看看那些贫穷的人，我想，我的饿肚子艺术对他们可能有用。我的艺术一定能让他们在心灵上产生共鸣，这是我这一生最大的奢求了。"

"几年前有一次我在你们四川凉山的一个小山寨里，那里把洋芋作为主粮，因为在海拔很高的大山上，种不出稻谷，我去的时候他们连洋芋都吃完了，只能摘野菜来吃，那里的人个个面黄肌瘦，特别是小孩，我问他们有没有读过书，有一个，可能只有五六岁吧，高兴地向我显耀他读过书，我问他你们的学校在什么地方，他说离他们这里有二十里，我在那里为乡亲们表演了行为艺术，小孩子们就说如果他们也能像我一样几天几夜不吃东西就好了，然后就缠着要我教他们。"

"我的行为艺术是我已故的女友教我的，我认识她是在我读大二的时候。我被她的表演吸引了，佩服她可以几天不吃不喝，后来我们就聊上了，就好上了，当然，最初我只是觉得她这个人有趣，不过，也有对艺术本身的尊崇，可惜她在我大学快要毕业时死了，是冻死的……唉，人这玩意真是说不清，说不定哪天我也像我女友一样冻死在街头。"

朱志清没有说错，后来他真的死了，是饿死的，那是在我认识他差不多半年以后了。那时他已经从越南回来了，他原本打算再去印度、巴基斯坦，去一切他认为有必要去的地方，他要去给当地人表演他那伟大的饿肚子艺术。可是他在成都死了，他死的时候，身旁躺着几块被狗啃过的骨头，还有一块爬满蚂蚁的面包，而他脱下来的衣服早不知去向了，可能是被乞丐拿走了。他的同学，当时已是四川大学副教授的老李告诉我，其实朱志清现在已经有一些钱了，但他为什么要饿死，我们都想不通，可能是为了他深爱的女友，也可能是他觉得自己已经超脱尘世，不过不管怎么说，他找到了他真正的归宿，他的死亡其实也正体现了他的理想和自身的价值——为心中的艺术献身！

4

那天晚上宴会还没散，美女刘跟学友张先走了，我对痞子李说你该劝劝美女刘啊，学友张这杂种也太不道德，自己孩子都那么大了。痞子李先是叹了口气，说你要我怎么说啊，学友张跟他老婆感情不和，现在遇上美女刘，这就干柴烈火烧一块儿了。

我跟游兰告辞出来已是深夜了，我心里有点烦躁，心想我这辈子能混个什么家当当也算不错了，但又想那对我来说太遥远了，如果要我当个色狼艺术家倒还差不多。这样想着我就伸手去搂游兰的小蛮腰，游兰毫不客气地打了我一下，说大半夜的你给我放尊重点，我说就是大半夜了你还装什么淑女，若在平时你要我上我还不上呢！她骂了句无耻之后自个跑了。我苦笑几声，在原地叹了会气，又想以后要怎么才能混个什么家当当啊，芮馨这女人倒真能干，才二十几就名满全国了，唉，真是人比人气死人！

后来痞子李慢腾腾地从后面走来，说，"你又在搞什么啊。"我把我的想法跟他说了，他却笑了起来，说，"这什么年代了还说什么家啊，现在搞到钱才最要紧。"我说，"这话就不对了，最起码我是羡慕死他们了，而且人不能只为了钱活着吧，最起码得有点情怀有点追求。"他说，"你以后不喜欢芮馨了就不会这么想了，现在的娘们才不管你是什么家呢，只管你有没有钱。"我说，"学友张没什么钱吧，可美女刘那样喜欢他。"他说，"可咱们医院的头头还看学友张的老爸过日子呢。"我才想起学友张的老爸是省卫生厅的，我又问，"那你说是钱要紧还是权要紧啊。"他说，"当然是钱要紧了，没钱你要权顶个屁用。你别看这些什么家的，平时清高得跟什么似的，可哪个又不爱钱啊，那个叫朱子夫的我早认识，我们还一块玩过女人呢，你说他要没钱，单说他是个作家人家姑娘肯跟他吗？"

十二

　　孙洁的电话总占线，直到第三遍时才好不容易呼通了，她在那边吞吞吐吐地说，文航，还记得那晚上吗？我说怎么了，她深吸了口气，又过了好一会才缓缓地说我怀孕了。

1

第二天我睡到九点钟才起床，我这人很少睡懒觉，今天睡到这个时候连我也觉得奇怪了。醒来后我最先想到的是芮馨是否还在生我的气，不过又想可能不会了，如果她再生我的气那太对不起我了，怎么说我也是因为喜欢她才打人的，而且不是我先动的手。

起床的时候我的大腿不小心被那石膏像碰了一下，那里即刻就紫了一片。我用手揉了揉，发觉那紫斑突然间变大了，我顿时紧张起来，心想不会这么严重吧，连我都没觉得疼。

凭着专业的敏感，我不由得怀疑我是不是血液系统方面出了毛病了，这可不是闹着玩的，我在F大学四年的上铺室友就是因为血液系统出了毛病才让他那百万富翁的老爸在不到两年时间就差点沦为乞丐，而且现在他那毛病都没治好。

我慌忙奔到血液科，我说我可能得白血病了，说着就撩起裤腿，张医生过来看了一眼，说你快点去抽个血常规化验一下，跟着就回头喊，"小王，你给文航抽个血常规加凝血。"小王应了一声，挺着大肚子挪了过来，我说，"我一定得白血病了，你看这才几秒钟就变大这么多。"她问几秒钟，我说最多两分钟，她说是有点夸张，说着就把针头插进了我的皮肤，随后我看见血液从我体内缓缓地流了出来，再缓缓地流进针筒——哇，她抽了好多！"为什么抽这么多？"我问她，她说，"你这种情况要尽量减少抽血的次数，所以一次多抽些，给你查全套算了。"我想这大肚子护士还挺心细。

在学校的时候，我的上铺小胖，在他还没查出血液病以前体重就有快两百斤了，后来，是在大三那一年，确诊是血液病后就天天用激素，治疗了不到一个月后就足足重了三十几斤，而且浑身长毛，特别是脸上，他最初的症状是肉眼全程血尿，然后是出血不止，严重到挠痒也出血的地步。我们想小样的这下算完了，后来就休学了，不过他家人对他可瞒得紧，他妈妈还整天提心吊胆怕他哪一天就真的挂了，所以天天给他做大鱼大肉山珍海味，所以他把身体的继续发胖一直怪罪到母亲头上。

血常规很快就出来了，一切正常，凝血时间有点长，但医生说不用担心，然后就同时有五六位医生围过来，每人劝慰我了几句，最后一致说，回去吧回去吧，回去好好睡上一觉，做点好吃的，他们要什么都不说还好，他们这么一说我愈发紧张了。

我要没病，他们会这么好吗？我心里这样想。

小胖最初发现血尿时他没在意，以为是毛细血管破了。但第二天早上又发现全程肉眼血尿时他急了，忙不迭地缠着我陪他去医院，但查血常规和凝血都是正常的，医生告诫了一句以后不能随便手淫就要我们回来了。后来又过了三天，他的血尿又来了，奔到医院时他对星星对月亮对太阳发誓说这次绝对没手淫，医生可能不信，又劝了他几句就让他回来了。又过了两天，他再去，这次血尿变得更严重了，医生又问了同样的问题，小胖用上父母祖宗的名誉发誓真的没有手淫，并做出如果医生再不信就去跳楼的架势，这次医生终于相信也紧张起来了，说那要不就抽个骨髓。结果出来，医生把我拉到一边，说血小板只有正常人的五分之一。我第一个反应就是可怜的小胖这次真的完了。

我跌跌撞撞地回到宿舍，躺在床上心里也在想难道我也快完了吗？我可不能就这么不明不白的完了啊，我还没享受过生活呢，这生活多美好啊，我还有老爸老妈奶奶老姐老弟老妹呢，我要真完了可要我家人怎么活下去哟，要知道我是多么爱我的家人啊，但很快我就伤心起来。我想，如果我真的完了不知道我的家人会不会为我流几滴泪，或许没人会为我流泪，我这二十几年也活得太窝囊了，我可是我老爸老妈眼中不折不扣的逆子呢，所以如果我真的完了，我的老爸老妈会笑，我的奶奶可能会天天为我叫魂，我的姐姐可能说以后没人跟她打羽毛球了有点可惜，不过也没人天天跟她吵嘴了真好，我的弟弟对自己一直没有拥有一个足球感到遗憾，我的妹妹会觉得解脱了因为再没人反对她刚上初中就玩初恋……所以如果我真的完了，地球是同样地乱转但我的家人活得更开心了。唉，还有那个芮馨，我多么爱她啊，但她给我的希望好像很渺茫，她是那么的高高在上，我又想，我跟她根本不是一个世界上的人。最后我想明白了，如果我真完了，没人会为我流泪的，哦，可能痞子李和美女刘会流几滴，不会太多的几滴。唉，不过最让我遗憾的还是芮馨，要知道我只吻过她一次啊，我好想再吻吻她，就算让我花更多的钱，她的发髻真香，她的皮肤很滑，她的身体我没见过，从外面看倒是很苗条。

我心底突然涌上一股久违了的冲动和渴望，我想，如果我能活下去，我一定像芮馨一样，努力让自己变个样，不说优秀起码积极正派。

2

　　我竟然会睡了过去，更没想到醒来时看见芮馨坐在我床前，目不转睛地看着我，我说，"你看仔细点，最好一次看够了，最好记住我，最好永远也别忘记我，我就快完了。"她没说话，伸手来理了理我的后领，又默默地从床前的桌子上拿了个水果削了起来。我说，"你说说话嘛，怎么总是这德行啊，好闷你不知道吗，我都快完了你倒安慰我几句啊。"她把削好的水果分成小掰塞在我嘴里，终于说了句，"你饿不饿，饭我买回来了，饿就先吃。"我说，"我很饿但我嘴不怎么饿。"她又伸手来理了理我的头发，说，"你的头好脏，怎么这么久也不见你洗次头。"我看着她，心想我是真的快完了，连这女人都对我这么体贴看来我是真的快完了，这么想着我差点落下泪来。我说，"我真的快完了吗，如果不是你干吗这么对我，还摸我的头，你别再摸我的头！"

　　"别乱说话！"她终于又说，那神态那口气好像在教训我，她那眼神却让我想到我的长辈们，分明是在说，再胡说我打你！她又坐了一会，说，"你先躺着，我去帮你热饭。"我看着她的背影消失在了宿舍门口，我又哭又笑，心想我要没事她会这样对我吗？她要天天这样对我该多好。

大四那一年，我有事没事就爱往小胖家跑，每次去都看见他横躺在客厅的沙发上，他家客厅本来就小，他老爸老妈被他挤到小角落里，我说你这横人，你这样做你老爸老妈会伤心呢，他说我就是横，好不容易有机会横几天不能错过，他告诉我以前没少受他老爸的气，因为他学习差，因为他胖，因为他没遗传他老爸的基因他长得丑，所以他老爸动不动就拿他出气，大一有一次我去他家，见父子俩正骂得不可开交，他就这么骂了一句，他那军人老爸二话没说就把提在手里的鞋朝他脑袋拍了过来，事情的结果是他老爸破费几百块带他到医院做CT，"这一年来他们都不骂我了，也不知为什么，还事事让着我，我也心安理得。""你爸的头发白了，"我说，"你妈也瘦得不行。""是啊，我也发觉了，可我不知道啊，我问过他们的，可他们说没事，呵，可能真的老了。"

那时候我会想，小胖的智商可能是有些抱歉的，不然不可能那么心安理得，一直到大四我们离开F大学的前一天他才告诉我说其实他早知道他得的是什么病了，他一直不捅破这层纸只是不想让家人担心。这才让我不得不佩服起他的豁达，之后就没联系过他，说实话也不敢联系，可能他真的完了。

芮馨带着盒饭过来了，"我买了鸡蛋番茄，我们第一次吃饭你就点了这个菜的。"她说着将盒饭放到我床前的桌上，我说，"我忘了，不过我从不偏食。"她静静地看我吃完，说，"刚才孙洁打电话找你，要不你给她回一个，好像有什么话要对你说，吞吞吐吐的。"我才想起我的电话没电了，我拿过她的电话，说，"我都把她忘得差不多了。"

孙洁的电话总占线，直到第三遍时才好不容易呼通了，她在那边吞吞吐吐地说，文航，还记得那天晚上吗？我说怎么了，她深吸了口气，又过了好一会才缓缓地说我怀孕了。

3

　　我看到一条狗，一条母狗，而且是一条有身孕的母狗，它就在我前面两步远的地方舒服地撒尿，它可能快要生产了，后面的生殖器红肿，像个鲜红的桃子，它的腰被超重的肚子拖成一个开口朝上的半圆。我走过它身旁时，它莫名其妙地对着我吼了一下，我看了一眼它快拖到地上的肚子，生气起来，往它肚子上狠狠地踢了两脚，它即刻号叫着翻滚在地，不过又很快地挣扎起来，就疯了似的朝我扑来，我避让不及，被它咬了一下，我也痛苦地蹲下身去，但它还用双眼血红地盯着我，然后我看见一小股血液从它屁股下面流了出来。

　　后来我莫名其妙地就醒了过来，身旁撒尿的母狗不见了，却见芮馨坐在我的床上，脑袋伏在床旁的桌上睡了，我推了她一下，说，"要不就上床睡吧。"她说，"你醒了，今天我跟你到人民医院做个检查吧。""还是算了，"我说，"那太贵我瞧不起呢，再说，如果检查结果出来真是血液病我可受不了。"她想了想，说，"要不咱俩到外面走走吧，顺便把你前两天看到的那副老花镜买回来。"老花镜是我打算买给我奶奶的，以前那副被我奶自己不小心踩坏了。我想了想，说，"等几天再去买，我现在没钱了。"她看了我一眼，说，"走吧，我还有几百块的稿费。"

挤上公车，我问她你不生我的气了吗？她叹了口气，说，"我也算了解你这狗脾气了，不过下不为例。"然后她指着前面两人的背影说，"你看那不是美女刘和学友张吗，这两人是搞什么名堂，天天走在一块，你看，手还拉在一块呢。"我说，"有什么大惊小怪的，人家晚上还一块儿睡呢。"她瞅了我一眼，说，"你别胡说，我要是美女刘一定要你赔偿名誉损失费，而且我们现在也拉在一块啊。"我说，"你这是可怜我，我生病了么。"她打了我一下，嗔怪道，"你怎么总胡思乱想，我最看不起你这德行了，倒像婆婆妈妈的女人。"

美女刘跟学友张在延安医院说笑着下了车，我忽然有点冲动，也说不清为什么，学友张在我眼里愈发不顺眼了，我一定要揍这小子一顿，我这样想。

我和芮馨手挽着手从九眼桥顺着马路往下逛，在一个公园门口，我看到一块巨大的广告牌，是XX美容的，上面那女人特像芮馨，脸形、嘴唇、双眼（眼神）、笑容，特别是体形。我呆住了，我真不敢相信，我拉她站住，喃喃地问她，"上面那人是不是你？"她朝那广告牌投了一眼，也呆住了，"我的天，"她说，"是真像我，不会就是我吧。"我大笑起来，说，"如果真是你，做你同学我倍儿有面子。"

不觉间到了那家眼镜店，正赶上商品打折，那副老花镜原本卖八百，今天狂降到五百。芮馨二话没说付了账，我有点感动，说，"有你这样的朋友真好。"她嫣然一笑，说，"我们永远做朋友吧。"我搂了她一下，说，"你可说定了，以后可不许你再做那骄傲的天鹅。"

　　回来的时候遇到一家卖毛线的小店，她进去买了几支出来，我问她买这干什么，她说冬天就要到了，我想学织第一条围巾。

4

我发烧了。

睡梦中，我被拿到火炉上烤了个半熟，然后又放入沸腾的水里煮，后来我就醒了，醒来时发现全身上下没有一处不淋水的。但我脑子却异常的清醒，可能人那种抵抗死亡的本能出来了，我从床前的桌上摸出芮馨买的退烧药吃了，心想我不会真得白血病吧，然后又在心里念了几遍阿弥陀佛，同时又想到孙洁还怀了我的种呢，如果我真得了那可怕的病，还真对不起她啊。

但我又想，这事是真的吗？我记得那晚上孙洁睡得很沉，我迷迷糊糊中虽然觉得有人在折腾但醒来却没发现什么异常，而且我发誓自己没主动碰她，起床时衣服都是完整的。不过转念又想，也许有过那事吧，万一是她主动呢？而且她一个黄花大闺女，不可能开这种玩笑的。

好不容易熬到六点钟，这时烧是退了些了，但也许是心理的作用，我实在挺不下去了，便叫醒了周功，我说我得白血病了，他伸腿过来狠狠踢了我一下，骂我说，"你不会是梦游吧，这大半夜你别吓唬人。"我说，"真的，我发烧了，不信你摸摸，他伸手来我额头上碰了碰，也紧张起来，说你不会真生病了吧，这还了得。高翔，高翔，快起床，文航发高烧了。"他一边叫着，慌忙就穿起衣服，又往杨臻床上拍了一下，然后就来拉我，说，"你是坏事干多了，大半夜会生病。"

走出宿舍，芮馨却站在走廊上了，见我出来，忙来拉我，急急地说，"你怎么了，还没好些吗，早说过去人民医院检查的，现在怎么办啊？"我说，"没事，就浑身发热。"

化验室门紧闭，周功敲了敲没人应，又踢了几脚，终于开了，前两天为我化验的郭医生探出脑袋，我说，"我快不行了，我一定得白血病了。"她看了看我的脸色，也急了，说，"你别乱想，我这辈子还没碰到过白血病人呢，说着拿了酒精针管来消毒抽血。"

副院长侄女郭医生，三角眼，高颧骨、卷发，在我们家乡，生这模样的女人一般是嫁不出去的，用老一辈人的话说是克夫，她以前跟痞子李好过几天，但后来由于痞子李现任女友卫小月的强势介入再加上痞子李对副院长的不恭不敬，两人才分手了。现任男友是个长得像屠夫的司机，一开口，那声音就像晴天闷雷，能把人给吓一哆嗦。这人以前我曾想过，难道这屠夫就不怕被克吗？后来周功告诉我说，这两人都命硬，只怕以后被克的是小郭。

好不容易等到血常规出来，除白细胞稍微升高外，一切正常，郭医生说，"要不先坚持一下，等白天做个腰穿。"芮馨在背后拉了拉我，我说，"好，那我先回去了。"她又在后面交代了几句，芮馨和周功一边一个几乎是架着我走的。

我知道芮馨对这家医院的医疗水平一直心存有偏见，所以她当时没让我答应下来，她把我拉到她们宿舍，说你再吃点药，等天亮了我带你去人民医院找我姨妈。

5

十点左右赶到人民医院，她姨妈为我打麻醉，她姨父为我做腰穿，她在一旁焦急地安慰。

我总觉得她这两位家人对我不怀好意，从两口子第一眼看我的那种充满敌意的眼神我就知道，仿佛我就是那要贩卖他们侄女的人贩子，所以我得感谢芮馨，如果她不在身旁我一定要倒大霉；所以我觉得女的为我打的麻醉不管用，男的技术也不好，可能穿刺针还生了锈，总之我浑身又麻又疼，不时还打战，一打战，男的就吼，动什么动，我听了心里直骂娘。

好不容易穿刺结束，男的把那鱼肝油样的体液拿到我眼前晃了晃，说你看清楚了，记住抽了几毫升。芮馨忙说看清了，您快交给化验室吧。男的这才走了，男的一走，女的倒把芮馨拉到门外，两人在外面不知嘀咕了些什么，我知道小样的一定在跟芮馨讲我的坏话了。

这时我精神却好了一些，原因是我看到我的体液是如此的澄明美丽，那像鱼肝油样的体液啊，要知道我小时候最喜欢喝鱼肝油了。我笑了笑，活动了一下双手，女的立马从门外伸进脑袋，吼道，"你少动！"然后又回头跟芮馨继续刚才的话题，只见芮馨时而点头时而摇头时而还嗔笑一下时而还脸红一下，最后我听见她笑着说，"姨妈，这都什么时代了，我会小心了的，"又说，"我知道了姨妈，我都这么大了您还这么不放心！"

中午饭是芮馨打来的，本来她姨妈是要她去她家带的，但我说如果你去我立马站起来走人，把她吓住了。她打的还是番茄炒鸡蛋，洋芋煮南瓜，都是她喜欢吃的，我说我要吃肉，她在我额头上拍了一下，说那我去买，说着就出去了。

她前脚这才刚走，她姨妈就鬼鬼祟祟地进来了，一进来就问，"芮馨呢？"这女人对我一点都不客气，其实我也没把她放在眼里，要不是因为芮馨我早踹她了，"她去帮我买肉了，"我说，"她临走时说，如果你老人家来可千万别跟你客气！""臭小子！"她嘀咕了一句，提起本已放在桌上的饭就走。我笑了起来，这是什么狗屁亲戚呀。

芮馨回来的时候脸色有点难看，我说，"你怎么了。"她说，"没什么，你先把这鱼趁热吃了。"我说，"你一定得告诉我怎么了，不然这鱼我也不吃了。"她勉强挤出点笑容，说，"真的没什么，只是回来的时候在医院大门口遇到我姨妈了，呵，你猜她怎么说？""她要你别跟我在一块，"我说，"她刚才来过这里，对病人态度一点都不好，我真想告她一状，你最好劝劝你亲戚，这态度早晚被下岗。""呵，是啊，她要我别跟你在一块，"她的目光忽然变得忧郁起来，"我们其实还没什么吧，你说对不对，文航？"我干笑了两声，心里却莫名其妙地想起孙洁来，是啊，还有这件麻烦事等着我去处理呢！

6

　　那天很晚我们回了我们医院，此后三天我一直在间歇性发烧，那体温时而蹿到40度以上，时而又降到正常，开始我想会不会并发疟疾，但第四天我实在受不了了，便叫芮馨去帮我拿化验结果，芮馨走后孙洁又给我打了个电话，问我到底要怎么办。我对着电话大声吼，"怀孕的又不是我你要我怎么办，你要怎么办与我无关，再说你怀的是谁的种还不知道呢！"之后我飞快地挂了电话，挂上电话后我有些后悔，真不知道这单纯的姑娘会难过到什么地步，然后我又一遍遍地想那晚上我对她做了什么，奇怪的是时间并不久远，但记忆却非常模糊，直觉告诉我什么都没发生过，但孙洁的话又让我不得不相信跟她发生过那事。

　　大二的时候，我的前桌，一个跟我处得不错的女孩不知怎么就让人给上了，三个月后她偷偷地告诉我说她怀了那人的种，我邀上张扬他们把那家伙往死里打了一顿，当时我心里对那家伙那种入骨的恨啊。后来认识了芮馨，虽没把她弄到手，可心里也挺想跟她亲热的，也开始觉得那事是很正常的，大学生不想那事反让人笑话了。

胡思乱想了一阵后我又睡了过去，梦见一大群乌鸦在空中狂吼着追赶我，仿佛随时都会扑将下来，把我啄得不剩一块碎骨，四周都很黑，我在地上没命地狂奔，后来不知怎么乌鸦不见了，而我却掉进一口井里，那水好冷，我不停地发抖，然后我就醒了过来，又发觉全身湿透，但烧却退了，倒有了点气力。又想起孙洁来。

骨髓化验结果出来了，白细胞稍微升高，别的都正常，我想我这次是真的完了，什么都查不出来的严重，那不急死我么。芮馨也不知该说什么了，只一个劲地拍我的额头，不停地说，"你别急，我想一定是疟疾。""可是没查出疟原虫啊，"我说，"我的身上也没长疙瘩。""要不我给你用点疟疾方面的药吧，这样下去我也不好受。"我点了点头，心里忽然有些感动，医院那些该死的医生也不知死到哪里去了，知道我生病竟没有一个来看我。

以后的一个星期芮馨一直给我用青蒿素，在第二天时我感觉好多了，第四天时体温降到了正常，以后没再发过烧，一个星期后，我坚决不再用药，芮馨劝了我几句后半开玩笑半认真地说，"小样的，你不会是得了癔症吧？说实话我一直在想，你这病来得真是莫名其妙。"

十三

　　孙洁就这样走了，我给了她五千块钱，我又成乞丐了。上车时她大哭了一场，说实话我挺难受的，我忽然觉得眼前这个女人其实并不惹人讨厌，我们甚至有点难舍难分，但最终她还是走了，我和她的这出戏，应该就此谢幕了吧。

1

张扬要结婚了。

"如果不发生什么意外的话，"早上他打电话来，"如果没什么意外，我和汪嫣下周三结婚，你一定得来。"

我在这边笑起来，真想骂他几句，在我们老家，这类事情是不能说"意外"之类的话的，说这话，不吉利。

我说一定会去，我把芮馨给你带过去，你帮忙把把关。"不用我参谋了，"他说，"这女孩真是不错，只要你有信心，就别错过了。"

又不着边际地胡侃了几句，他又说了句其实我还不想结，毕竟还没毕业嘛，可她肚子大起来了，挡也挡不住哇。我干笑了几声，又想到孙洁。

前天芮馨跟我去找陈列时远远见到孙洁，芮馨当然不知道我跟这女孩有那么不光彩的一段，当时她指着孙洁对我说，"这小姑娘好像变胖了，"我出了一身冷汗，心想她不会就知道了吧，后来她又若有所思地说，"有一天晚上我看见你们俩，就在医院门口，你搂着她呢。"我好一会才强迫自己镇定下来，说，"那很正常嘛，一天早上我还看见你带了那阿飞回来呢。"她笑了笑，说，"所以后来你就打他了。"我说，"是啊，要不你也去打孙洁一次。"说完这话我大笑起来，而心里又想到那晚上跟孙洁到底有没有发生那事，如果孙洁真怀了我的骨肉，那我刚才的话实在有点丧天良。

"惨啊，现在我不负责任不行了，所以也就只能依了她。"张扬说。

他说完这句挂了电话，我皱起眉头，心想照你这么说那我岂不是要和孙洁结婚了。

我给孙洁打电话，我说，"要不你找个地方把孩子做了吧，但千万别在我们医院做。"她在那边笑了起来，说，"你怕吗，那天你不是挺凶的么，那天你不是不承认是你的么。"我生气起来，说，"是不是我的可说不定，再说那晚上我们真的有那事吗？我怎么一点记不起来了。"她在那边静默了几秒钟，这几秒钟却让我胆战心惊，几秒钟后她大嚎起来，边哭边说："好你个余文航，自己干的事不承认是不？我这就告诉我老姐去，看她怎么收拾你……"

我一听傻眼了，这可是万万使不得的，她老姐什么人全院都知道，屁大点事都能闹到院长那里去。不行，现在只能什么都依她，万一有什么意外我这辈子都毁了。

"好了好了，我也没说不承认啊，我只是记不起来了，"我在这边忙不迭地解释着，"不过当务之急是先把孩子做了，其他的事等以后再说……"

"那你要我到哪里做？"出乎我意料的是，她有点松口，"这事迟早会被别人知道。"

"只要不在我们医院做就行，"我嘴里应着她，心里飞快地盘算着前不久打工的一家广告公司还有一笔钱没给我，"你要多少钱我都给你。"

她又在那边犹豫了几秒，说，"不在这里做可以，但你得陪我去，要多少钱当然是我说了算。"我在这边愣了愣，感觉她这句话有点不对劲，心想我不会是中了她的道儿了吧，但想想又不可能，这么单纯的女孩。

我去那家广告公司把工资结清了，还是担心不够，又对芮馨说，"你给我两千块钱，我有急事要回家一趟。"同时跟她说，"张扬周三结婚，你得替我去一趟。"

2

周三早上，我把芮馨骗去北京了，她要同时代表我去参加张扬的婚礼。

然后我去找孙洁，可没找到，肥姐说，"可能回家了，都几天没见到她了。"我朝她吼，"你叫她今天晚上无论如何来找我，不来的话以后就别再烦我了。"肥姐脸色发白地看着我，说，"你今天怎么了，孙洁招你惹你了。"

下午六点，我心不在焉地和游兰说着话，几天没见的美女刘忽然来找我，见游兰在旁边，只说了句找你有点事，你出来一下。我跟着美女刘出了宿舍，在门口她咬着我的耳朵说，"臭小子你干的好事，孙洁在妇产科堕胎呢。"

我吓傻了，浑身打了无数个冷战，心想姓孙的你这是要我的命啊！我回头看了看游兰，她还坐在我床上，我拉了美女刘一把，说，"你去告诉她先别做，等明天我带她到好点的医院。""我劝过她了，"她说，"可是没用，就哭，后来才告诉我是你的种。"

"那你还不快去，"我说，"千万别让她在这里做！"说着我把她往外推，她回头瞅了我一眼，说，"小子，你会遭报应的！"

我扶着墙壁走回宿舍，游兰看我脸色不对，问，"怎么了，刚才你俩干什么？"我说，"没什么，可能我的病又犯了，你回宿舍吧，我休息一会，我说着就要脱衣服。"她半信半疑地看着我，我又催了她一句，她起身往外走，到门口时说，"那你先休息一下，有什么打电话。"

我听着她们那边的门关起来的声音，忙翻下床来，跑出宿舍。

孙洁躺在妇产科手术室里，双眼早成了两个水蜜桃，那泪水还止不住地流，一滴滴落在枕头上，美女刘坐在床边，不停地安慰着她，见我进来，美女刘起身走了出去，孙洁把脑袋偏朝一边，"我说你这是干吗啊，不跟你说过我会想办法的么，你这样做，也不怕给你姐姐丢脸。"她又把脑袋偏过来对着我，想说什么忍住了，却又嚓起来。我瞪着她，说，"你先起来，明天我带你去人民医院，那毕竟是大医院，比在这里做强。"

3

在孙洁的那间小屋子里，我陪了孙洁一夜，夜里她睡得很沉，可我一直没合眼，一直在想那晚自己到底做了什么，可回忆告诉我那晚我跟她什么都没发生，但这回忆一涌上脑海立马有个声音在严厉地驳斥我，那个声音说："如果你没跟她做那事，她肚子怎么会大起来？！"

这个声音是多么的坚决果断让人不能有丝毫置疑，于是我告诉自己，可能真的做了什么吧，可能是半睡半醒的时候。然后我开始诅咒自己，诅咒自己把一涉世未深的小姑娘祸害成这样不得好死，然后又觉得自己有些可怜，是啊，怎么会被这人缠上哟，芮馨这才对我好起一些来，可千万不能让这人触了霉头。我是比较迷信的，从小就比较怕女人。读高中以后，同学们一个个一下子窜高，就有人问我，为什么你长不高，我说小时候村里的小芳从我头上跨过去过的缘故。上了大学以后，思想逐渐开放，我对女人的看法有所改观，但内心深处劣根未除，生病是吃了女人买的水果的缘故，年年补考是因为和女人多看了几场电影的缘故，精神萎靡是因为每时每刻都在想女人的缘故……

8点钟我喊醒了她，说，"还是到人民医院吧，这件事不处理好你痛苦我也不安心。"她翻下床来，没说什么就去洗脸漱口，我从后面看着她，她的背影还是那样美，芮馨曾对我说孙洁好像胖了，但我感觉不出来。想到这里我浑身抖了一下，心想，芮馨不会是在暗示什么吧，但仔细想想又不可能，芮馨是个自尊心极强的人，除非她对我毫不在意，不然不可能不做出点什么来——但又想，如果她真的没把我当回事呢？想到这里我全身又发了个颤，会吗？我问我自己，芮馨会不把我当回事吗？这样想，感觉有点害怕，但愿只是我的多疑。

她带我到她姐姐那里吃早点，吃过之后就把她姐姐拉到一边，两人不知嘀咕了些什么，我想八成是想跟她姐姐要钱，因为有阵子我看见她姐姐伸手往兜里掏钱夹，但却没给她钱，掏出来后又放回兜去了，我在一边悄悄地骂你得乳腺癌死掉算了，你妹妹要去堕胎你连一文都不给；同时又暗暗祈祷，孙洁你可千万别让人知道你肚里的种是我的啊，不然我下半生就真的完了。

吃完早点，又等了好一会，她和肥姐的嘀咕才宣告结束，然后她进来喊我，我们俩默默地出了医院大门，然后坐上公车。

在东部客运站，她忽然说，"我要在这里下了。"我问，"她你要干什么。"她说，"我忽然不想堕这个孩子，我想回贵州，现在就去买车票。"我说，"你到底是想要干什么啊。""孩子不做行吗？""你必须去做掉！不然以后我们都不会好过，而且你才19岁，你这么年轻，你还没交男朋友……"

她打断了我的话，说，"你怕什么，连我这样一个小女生都不怕你怕什么？"我说，"那随便，不过话可说好了，以后别再烦我。"我以为她要哭一场，没想到她回答得更干脆，"我不会要孩子，但我不能在人民医院做，我要回家做。"我说，"那好，你要多少钱我都给你。她脸突然红了，说你先跟我去买车票。"

我陪她去买车票，我想，你回家做那最好，省了我好多烦心事，这样想我又觉得这女孩其实不错，可能真的爱我呢，唉，我可真是委屈她了。

我给了她五千块钱，本来她只是要两千五的。五千块给她，我又成乞丐了。她回家是在第二天，送她上车时她大哭了一场，哭得我挺难受的，我忽然觉得这人其实不惹人烦，倒一直是我过分了。她车子开动时我们甚至有点难分难舍，但最终她还是走了，当时我想，我和她的这出戏，应该就此谢幕了吧。

4

孙洁走了，对她我心里是很愧疚的，虽然直到现在我都不敢确定那晚发生的事，不过，人总该为自己犯下的错误付出点代价的，是啊，就算我们什么都没发生，可是我跟她开过房了……

而她走后也一直不跟我联系，我打她电话也总是关机，问肥姐也没有结果，我知道是自己伤透了这女孩的心，我忽然觉得自己多么自私，为了将来，忍心把一个怀着身孕的女人无情抛开，像我这样的人，芮馨又怎么会喜欢呢？

送走了孙洁，三天后芮馨从北京回来。我看她闷闷不乐，还老觉得她看我的眼神不对劲，而且有好几次分明是要对我说话，但几次都欲言又止，我做贼心虚，问她怎么了，她那让人怪不舒服的眼神又瞟过来，我说，"拜托你别这样好不好，有什么就说出来，小心憋出病来。"她说，"你这算担心我吗？"我吐吐舌头，心想如果是说孙洁的事，你不说最好。那天，我在送孙洁回来的路上买了本《围城》，我这时就把它拿了出来，说，"那你看书吧，别胡思乱想了，我找美女刘去。"说着我逃了出来，在门口吸了几口新鲜空气，心里不停地问自己，芮馨知道了么？芮馨知道了么？如果知道那该怎么办才好——唉，这下谁也救不了我了。

我找到美女刘，把芮馨看我的眼神对她说了，她朝我胸口用力打了一拳，说，"女人不是挺好玩的吗，再玩嘛，再玩大几个，要不要把我也一块玩了。"我耷拉着脑袋，大气都不敢出，最后才敢说，"那你倒教教我啊，如果她真的知道了我该怎么办。"

记得在以前，我特鄙视这一类人，就是在和女人的问题上不敢对自己所犯下的过错负责的人，而我现在突然发觉，在不知不觉中，我也把自己归进了这一类，是我自己把自己归进了这一类。现在我想笑，但笑了几次都没笑出来，随后我又想，或许只是我多虑了，芮馨可能不知道——是啊，她不可能知道的啊，如果知道，那也该是几天前啊。

可是，孙洁——这可能怀了我骨肉的姑娘，她一个人在那边该怎么办？

5

我在电话里对杨雪说，"杨雪，你在妇产科混得咋样？"过了好一会她才在那边吼出一声来，随后说，"小样的怎么想起找我，是不是把芮馨的肚子搞大了需要我帮忙？"我舒出一口气，心想还好，这人还不知道孙洁怀了我的种。又跟她胡聊了几句，我挂了电话，又想起孙洁来，心想我这样内疚下去也不是个办法，不如找陈列喝酒去。

我到了他们酒店，他正和一住店的发生争执，我看他穿上西装了，心想，小样的不干保安，当大堂主管了。

看他不停地跟那人争执，我觉得无聊透顶，便出来坐在门外的石狮上等他，过了好一会他问候着刚才与他争吵的人的老娘出来了，我笑了笑，心想城市真不是个东西，怎么会让那么纯洁的陈列变成这样。

他又问候了那人的祖母一遍，问我，"最近哪里去了，怎么这么久不见，打电话也不接。"我没理他，过了一会问，"你和方琪怎样了？"他笑了起来，说，"正好着呢。"我看他脸红了一下，两眼还放着光，心想这小子的好日子真的到了。

"她答应我了，过年跟我回家看我老爸。"

"你不讨厌那家伙了吗？"

"哎，我说你怎么回事啊，"他朝我胸口拍了一掌，"现在我觉得那人有点可怜，亲老婆死了，儿子不在身边。"

"呵呵，说不定他现在正爬在你后娘身上呢。"

"嘿嘿！"他瞪了我一眼，扑哧一声笑了出来，"那也好啊，这我也放心，这叫享受生活。"

"唉，"我叹了口气，"看你挺滋润的，我烦啊。"

"咋了？"

我看了他一眼，说孙洁走了。

"她走关你什么事？"

"可她怀了我的种。"

"哦？！"他大叫起来，同时竖起大拇指，"行啊，你！"

"唉。"

"别唉唉了，她走了不是更好吗？"

"可我怀疑芮馨知道了。"

"哦，"他不温不火地哦了一声，"这下惨了。"

"我咋这么倒霉，要不喝酒去？"

他应了一声，回去服务台和保卫处交代了一声，跟我出了酒店。

酒店隔壁就是一家酒吧，此时正是中午，里面没有一位顾客，服务员也趴在桌上昏昏欲睡，陈列吹了声口哨，在门口一张桌上坐了，问我喝什么酒，我随便要了几瓶啤酒，看着门外的街道发起愣来。

正午的日头，晒得人蔫了吧唧的，我抓起一瓶酒灌个痛快。一瓶完了，我问陈列，"兄弟，你不是说你们经理要提你当大堂经理的吗？"他眼中的那丝明亮的光又射了出来，说，"是啊，现在我是主管了，以后你要喝酒算我的。"

"方琪呢？"我又抓过一瓶，"你可得抓紧啊。"

"嘿，"他笑了一笑，"她飞不了，我当了经理她还得让我罩着呢。"

我点点头，又想起孙洁和芮馨来。

烤人的阳光，也把酒吧里几位女服务员的衣服剥得只剩下贴身的吊带，我醉眼蒙眬地看着她们肥美的屁股在面前晃动，感觉五脏六腑火燎般难受。

记不清喝了多少酒了，这期间我们都没怎么说话。说了几句，是关于他和方琪的，听他的口气，好像方琪的父母不答应他们在一起，我随便应呼了他几句，其余的就用"嗯"来代替。

6

可是，后来陈列家就出事了。

那年的那天的那个中午，记不清我到底喝了多少酒，我只记得我醉了，醉了后发生的那些事情，包括芮馨和杨雪慌慌忙忙地跑来找到我们，陈列带着方琪哭哭啼啼地离去，现在回想起来，总觉得那天的那一切都是那样的不可思议。

陈列带着方琪哭哭啼啼地回了陈列家，那天芮馨和杨雪找到我们时我正趴在桌上吐个要死要活，但芮馨的一句话却让我清醒了，到现在我都一直认为，长这么大，那是最让我震惊的话，我永远记得，她说："陈列，你必须回去一趟，你老爸死了！"另外还有一句，是在一个月后了，也是芮馨抛给我的，她说："文航，我想，我们分手吧。"

而那天我为什么要喝酒，心情不好应该不是理由，"是啊，你为什么要喝酒？"在后来的很长一段时间里，在我们分手后，芮馨还总会这样问我，"如果你没喝酒，你就不会讲出你跟孙洁的事，我们也就不会分手。"

可是，我们开始过吗？许多年后的现在，我都会问自己，"分手？我们开始过吗？我从没说过我爱你，你更不可能对我有任何表示，我们甚至没牵过两次手，我们其实都没有过开始啊。"

陈列走了，随后很长时间没了他的消息，我问过方琪几次，方琪也说不出个所以然来，不久的后来，学友张被杀，朱志清为艺术而死，我更感到生命的脆弱人世的无常。于是我现在说，五年前的友人，有的上了天堂，有的下了地狱，每个人都只知道自己。

十四

　　我推开B超室的门，那躺在床上的人一见我进来，忙一跃而起，顾不上整理凌乱的衣服就冲出门去。美女刘冲着我吼："她阑尾炎犯了，你都不关心她一下，你怎么回事啊？！"

1

陈列走了，此后没了音信，我心里仿佛失去了些什么，方琪去了又来，我去找过她，但总对人不冷不热，后来才知道，她跟陈列吹了。那段时间，应该说陈列走后的那个月，我干什么都没劲，于是就匆匆转到儿科了。

这期间我时常看到学友张，当然，美女刘一直在他身边。有一次我对芮馨说，"如果你能一直在我身边那该多好啊。"她瞪了我一眼，说，"我一直想不明白，咱俩算什么啊，朋友？恋人？"

是啊，咱俩算什么啊？朋友？恋人？想不明白。我们，从开始到最后，就是那样的莫名其妙。

五年前，她还很单纯，而我，虽然有时有些无耻下流，虽然跟孙洁有那样的一段，但对于芮馨，在我对她的情感对她的爱里，没有一丝灰尘污垢。

但那一年发生的事情真多，除了朱志清和学友张差不多在同一时间死去。

2

　　肥姐在我对面坐了下来，她大山一样的身躯让我感到从未有过的憋闷。

　　"你到底对我妹妹做了些什么？"看着眼前这会说人话的怪物，会怀孕的肉墩子，这座大山的变异体，我真怕她一生气就会朝我压下来，那样我即刻就会成为一摊肉泥。

　　"说话！"她浮肿的眼皮朝上扬了扬，"再不吭声我捏死你！"

　　"没什么可说的，"我说，"我也不知道她为什么要回去，说起来你还得感谢我呢，是我送她到客运站，并把她送上车！"

　　"哼！"她粗暴地拔出叼在嘴里的烟，一把将还在燃烧的烟头掐灭了，"你会这么好心？哼，我从不信你们这些臭男人的鬼话！"

　　"那算了，别烦我，"我瞪了她一眼，站起身往外走，"我好心来告诉你她去了什么地方，你却说出这样的话，你真不知好歹！"

　　"你……"她可能被我刚才的话气晕了，呆呆地看着我，"臭男人，我算是看清你的嘴脸了！你滚，你给我滚！"

"呵，"我看着她瞬间变得青紫的脸，笑了起来，同时伸出手，"拿来！"

"拿什么？"她紧紧咬得牙关，好一会后吐出这三个字。

"你不拿来是不是？好，那我现在就打个电话去！打给你妹妹，跟她说，上周二晚上我看见她那美丽的肥姐跟一个男人……"

"混蛋！！"她的小眼珠在眼眶里咕噜转了两下，"算你狠！"

"你就骂吧，我不想跟你计较，"我说着就掏出电话。

"喂——"

"孙子！我怕你！以后别让老子看到你！不然我剁了你！"她唾沫横飞着，哆哆嗦嗦地从腰间挎包里掏出我的身份证。

"你给我小心点！"她骂咧着，把身份证丢在地上，跑了出去。

"喂，方琪，我拿到了，谢谢你啊。"

"知道了，"她在那边冷冷地说，"以后开房，注意别落东西了。"

我挂了电话，看着窗外车水马龙的街道，想着肥姐那澡盆样的屁股，不由一阵恶心。

这是一家只有四张桌子的小酒吧，此时，除了我和三位服务员以外，酒吧里再没有一人。早上方琪给我打电话，说我的身份证遗落在她们宾馆里，她交给了肥姐，要我跟肥姐拿。想起肥姐我又本能地想起孙洁。这个单纯的女孩，可惜啊，这单纯的女孩被我给毁了。唉——我叹了口气，又想起芮馨，自从那天我和陈列喝酒醉后，她就没给我好脸色了，当然，最主要的原因，是陈列带着方琪哭哭啼啼地走后，我边从嘴里吐着山珍海味边说，孙洁被我睡跑了！

从那天起她就不再理我了，我也没主动跟她说话，我们的关系又恢复到以前在F大学的状态时去了。

我摇了摇头，用眼角扫了身后的服务员一眼，在桌上丢了二十块钱，出了酒吧，我想去找美女刘和痞子李。

3

敲响B超室的门的时候，美女刘在里面大喊起来，"是文航吗，你别进来，我在做B超。"我没理她，推门走了进去，那躺在床上的人一见我进来，忙从床上一跃而起，顾不上整理凌乱的衣服就跑出门去，美女刘骂了我一句，然后对着门口急急地说，"你不能走，你需要手术了，说着追了出去。"我惊讶地看着她的背影消失在门口，才在她的电脑前坐了下来，想杀个片甲不留。

"哎"，我正打开游戏，她走了进来，"我说你怎么回事？你们以前怎么样我不管，现在怎么样我也不想管。可是，她现在生病了，她阑尾炎犯了，你都不关心她一下，你怎么回事啊，我说文航？"

"什么？你说她——"

"还不快去！"她把我从椅子上揪了起来，又推了我一把，"我是真的服了你们这些男人了！"

"芮馨！"

我追了出来，但已经见不到她了，只得返回来，往B超室门上踢了两脚，懊恼地说，"你怎么不开灯啊！我怎么知道是她！"

"还不快去找她！"她差点要把手中的笔扔过来，"你聋了还是傻了！她得立即手术！快去！我通知丁医生准备手术！"

我只得又追了出来，跑到她们宿舍门外，她们宿舍门紧闭，我拍了拍，没人应，又推了推，发觉已被反锁了，我大叫，"芮馨，你给我开门！"

"你的手术耽搁不得，咱俩的事——你可以恨我一辈子，可你的手术耽搁不得……"

可不管我在外面吼哑了喉咙，里面就是没有一点动静，我愈发担心起来，心里是又气又急，生怕她在里面发生了什么事。

门头上是防盗窗，我跳起来，双手抓住外面的钢条，朝里面望进去，只见她静静地躺在床上，双手紧紧地压住右下腹。

"芮馨，"我在外面急得大叫，"快开门呀，是我错了，可你的手术……"

她痛苦地抬起头看了我一眼，跟着吼出一句："滚，我的事不用你管！"

我跳下来，见走廊的一头有条长凳，我跑过去抬过来，二话没说就把它朝防盗窗扔进，只听"砰"的一声响，玻璃被砸得粉碎，可那防盗栏还是纹丝不动。

我又跳起抓住防盗栏，双脚努力朝窗户跨了上去，可窗户只够伸进我一条腿，我在上面骑了一分钟，忽然想起我们宿舍里有一把大铁锤，我又跳下来，到我们宿舍找出铁锤，几下就把防盗窗砸得稀烂。

"我看你还开不开，"我在外面边砸窗户边吼，"你不开我照样能进来！"

窗户被砸开，我爬了进去，"我服了你了，"我说着开了门，"你手术可不是闹着玩的。"同时就去拉她。

"滚开，不用你管！"她又说，同时伸手来打我拉她的手。

"好，我不管，疼死你！"我说着要去抱她，她伸出脚来想踹我，可脚还没碰到我，她忽然大声呻吟起来。

"你死了我也不想活。"我念叨着，用力抱起她冲出宿舍。

"怎么啦？"丁老师跟着我走出芮馨的病房，在门口问我，"怎么一脸的血？"

"哦，"我才感觉脸上疼得厉害，才想起可能是爬窗户时不小心被玻璃划了，"没什么，过几天就好了。"

"嗯，对了，我们现在要为芮馨做个HCG。"他说着就朝护士办公室疾走而去，"看看，你们哪个帮芮馨抽血做个HCG，要快！"

"做HCG？！"我追了上去，在门外拦住他，"你疯了？！"

"对，下腹痛的女病人，我们都要给她做个HCG！"

"你有没有搞错啊？"

"什么？"

"我说你是疯了！"

"你说什么？！"

"你疯了！"我看着那张络腮胡子的脸，生气起来，真想一拳挥过去。"你还是不是医生啊，人家是阑尾炎你给她做那玩意你庸医啊你？"

"什么？有种你再说一遍！臭小子！"他握着双拳，吹鼻子瞪眼道："有种你再说一遍！"

"……"

"你哑了！你这无耻的孙子，你就这么相信她，你相信她冰清玉洁，你这么相信她干吗要在外面搞女人——背着她在外面搞女人！你说，你这臭小子，女人不是好搞吗？你再去搞啊！"

他这些话把我定在了门口，我的脑袋嗡嗡作响，像被闪电击中，只双眼朦胧地看着这满脸络腮胡子的大汉飞快地推了我一把，然后向病房跑去。

我是蒙了，好像什么也不想，脑海里一片空白，仿佛刚出生的婴儿，对一切都无知，然后，我忽然觉得又羞又气又想笑，它让我一度高昂着的头耷拉了下来。

"滚，别碰我！"游兰给芮馨抽血回来看见我，过来拉我，我用力打开她伸过来的手，"看我的笑话对吗？"同时我逼近她一步，"你看我笑话对吗？我的笑话好看吗？"

HCG阴性，芮馨被推进了手术室，丁老师没让我参加手术，我一个人坐在手术室门口，开始想我和芮馨走过的这段路，可我想着想着却想起怀了我的种的孙洁来，我忽然想哭，我才知道我无耻，丁老师骂我一点没错，我是该骂甚至该让人好好修理，从头到脚从外在到内心都该被人好好修理，我欠芮馨欠孙洁的实在太多。

透过窗户往外看，外面的天空竟然飘起了小雨，我忽然想起这是今年的第一场春雨。记得去年的这个时候，在F大学，也是在一个飘着春雨的中午，我把芮馨拦在了回宿舍的路上，我对她说，"芮馨，就要分别了，我想跟你说会话。"可当时她只给了我一个白眼，然后慢悠悠地说了句："既然要离校了，就让我们都走得清清白白吧。"

离校后实习前的那段期间，我生了场大病，而诱因是芮馨。

呵，去年的这个时候，我病得死去活来，今年的这个时候，她病得死去活来。

美女刘走了过来，拍拍我的肩膀，坐在我身边："手术可能还有一会，如果我没看错的话，两天前就已经穿孔了，现在可能都肠粘连了。"

我用力扯着自己的头发，什么也说不出来。

"你也别太自责了，以后多关心她。唉，你们男人，让我们女人伤透了心不说，还拿你们没办法！"

她又在我耳旁长吁短叹了一会才走开，我泪眼朦胧地看着她，一直看着那件白大褂消失在了走廊的另一头。

"我先走，下班了再来陪你！"她临走时好像是这么说的。

4

那段时间我一直陪在芮馨身边，虽然彼此都不说话。该吃饭的时候，我去打饭，打来了，她也一声不吭地吃，吃好了，我去洗碗，回来，又一声不吭地坐在她床边，她有时会面无表情地瞪着我看，更多时候是茫然地看着窗外。

这种现象我们维持了一个星期，一个星期后她出院了。

她出院那天我邀上美女刘她们，到外面吃了顿饭，这时的我，已学会忏悔，对芮馨做的任何一件事，我都是谨慎又谨慎，生怕一不小心就惹出麻烦来。

她的作品开始在台湾上市。

这是一部带有魔幻题材的农村小说，内容是某地连续多年干旱，面对困难，村民不是携手共渡难关，而是互相拆台，最先发现水源的人被其后发现水源的人活埋，下拨的救灾款被尽数贪污，女人为水出卖了自己的身体，人们在面对灾难时全都丢掉了道德和灵魂……

"人性，是善还是恶？"她说，"我更相信人性是恶的。"

......

她的书卖得挺好，首印5万册，没几天便计划加印。

那些天，她心情似乎变好了些，我便总找些话题跟她套近乎。

"你恨我吗？"我问她。

"我恨你干吗？"她说，"跟我有什么关系？"

"那是，"我说，"是我和孙洁的事。"

"你别跟我提她，"她笑起来，"跟我没关系。"

"那就当我说给自己听好了。"

她没说话，却微笑着。

她的微笑很奇怪，就如同她这个人。

"我想，"我吞吞吐吐地说，"咱们应该谈谈了。"

"谈什么？我说过跟我没关系，那是你和她的事，别把我扯进来。"

"你这是说真话吗？"

"不是又能怎么样？"她抬起头来，瞪着我，"你玩够我没有？你把我当什么人，你真无耻，亏我一直那么相信你。"

"可是，我现在后悔了，我不会再犯那种错误，原谅我一次，求求你！"

"不行！"她斩钉截铁，"我受够了，你这人总以自我为中心，我告诉你，我们从来就没发生过什么，就算有过，现在我也明确地告诉你！"

"什么？"

"我明确地告诉你，余文航，我们以后什么关系也没有，咱们，到头了，你要怎么做，我管不着！"

"分手，是吗？"

"是又怎么样？对！"她双眼挑衅地看着我，"对，余文航，我们分手吧！"

"好吧，"我喘了口气，感觉哽咽了，"这么说，你是喜欢过我的，我也够本了。"

她没说什么，指了指门口，我回头看了她一眼，她双眼亮晶晶地看着我，我吸了吸鼻子，没再说什么，踉踉跄跄地出了她们宿舍。

5

此后三天里我没去上班，第四天早上，我还不想去，后来杨雪敲门进来，对我说，芮馨回去了，不会再来了。

我又在床上躺了一会，心想她回去关我屁事？但过了好一会儿后我忍不住了，看看时间，心想再不去追她可真来不及了。

我在门口等的士，远远地看见学友张跟美女刘手挽着手朝医院跑来，美女刘远远地看见我，喊了我一声，然后朝我跑来。

"什么事？"我问她。

"我看见芮馨了，"她气喘吁吁地说，"行李全搬走了。"

"知道了，"我说，"我正要去追她。"

她看了看学友张，学友张拍了拍我的肩膀，说你等会，我送你去追她。

我看着学友张一步三颠地跑向停车场，心里又想着她在台湾上市的作品，想到她的未来，又开始犹豫要不要去追她。

不一会学友张把车子停在我身旁，美女刘打开车门，一把将我推上车，随后她也坐上车。

赶到成都站，我看见芮馨了，还有她哥，正要把硕大两袋行李往火车上搬呢。

我看她笑得很灿烂。

美女刘最先冲下车。

我坐在车上，冷冷地看着美女刘大声叫着朝芮馨跑去，随后她俩聊在一块，期间芮馨不停地笑，不停地点头，又不停地摇头，而美女刘则不停地跺脚，焦急地朝我这边挥手，最后，汽笛长鸣，我眼睁睁地看着芮馨用力甩开美女刘拉她的手，跟着她哥上了车。

火车走了，美女刘和学友张气急败坏地跑了回来。

我吸了吸鼻子，笑着问他俩，怎么样？

"你这家伙玩够了没？！"

美女刘在我胸前打了一拳，我即刻弯下腰去。

"我鄙视你！"学友张也说，"你真不是男人！"

十五

芮馨的书前言里有这么一句："我的爱无处倾诉，谁愿意听？唯有把我对他的那份爱写下来，写下来，让我老去后回忆，让我从此不再爱！"我深信这是为我写的，我欣慰在她心里曾经有过和我的一段。

1

"走，跟我吃饭去！"我把游兰拖下床来，扔过她的鞋子。

"你怎么了？"她皱着眉头问我。

"甭管那么多，走——快点！"

我拖着她出了宿舍，一前一后走出医院。

我们找到一家餐厅坐了，"游兰，"我说，"喂，我跟你说话呢。"

"有屁快放！"

"游兰，"我喝了口可乐，"有没有想过以后？我是说，快毕业了，有什么打算？"

她低下头，看服务员递来的菜单。

"说话！"我敲桌子。

"能有什么打算？"她瞪了我一眼，"我们这样的中专生，只能回乡下医院打工呗，哪像你们……"

我有点尴尬地笑笑，心里想到高翔。最近高翔很颓废，白天几乎消失，晚上回来也总是唉声叹气。

"有没有想过……"我欲言又止，"我是说，你和高翔……"

"你烦不烦？"她看了服务员一眼，又瞪了我一阵，幽幽地说，"还是先吃饭，别无聊！"

"是，我是有点无聊，"我自嘲地笑着，又说，"高翔最近有点反常，你应该……"

"哎，我说余文航，你这算什么？"等那来上菜的服务员走开了，她问，"你这是要把自己当耶稣，来拯救天下苍生？还是因为芮馨走了，空虚寂寞又要欺骗我这个无知少女？你把我当什么呀？"

"我没跟你开玩笑，"我说，"何况芮馨休学是为了写作，跟我半毛钱关系没有。"

"嘁，"她冷笑出几声，"我该怎么说你？低能还是卑鄙？"

"呵呵，懒得跟你解释，不过，你记住我说的话，芮馨离开主要原因不是我，另外，你多关心高翔，我担心他会出事。"

"你们男人都一个样！"

"是，不说了，来，吃饭，吃饭！"

我说着给她盘里挑了块牛排，她嘴角动了动，想说什么好一会没说出口。

"想说什么？"

"没什么，"她把桌上的饮料拿在手里摇了摇，说，"对了，我们快要毕业了，你能送我幅画吗？"

2

芮馨的书卖到大陆了。

我在一个月内专程走了几家书店，同时关注网上书店的销售情况，她的作品一直高居同类书销量排行榜前三名，一开始我想买一本看看，后来想想还是算了，如果我跟她的故事注定就此结束，又何必让心里增加额外的负担。

这一天我又去了新华书店，正巧碰上方琪，她在那里挑选一本五线谱学习纲要，见了我，问，"你看了芮馨的书了吗？"我说没看，她说，"你最好看看，许多地方好像跟真的一样。"

我被她说动心了，说服自己买了一本，在回来的路上就看了起来。

首先看的是"写在前面"。

"我们，要充满感情地写作！

这本书，从构思到完稿直至最后出版，虽然只用了半年多的时间，却是我这几年情感体验的全部。

而决定我这本书的灵感和构思的，是这个男人。

　　还记得去年8月，他回家了，那些日子我总会在凌晨两三点钟醒来，在被窝里给他发短信。我给他发了好多条短信，说了很多思念的话，但我知道他的手机拿去修了，所以，是接收不到的。那段时间，我天天魂不守舍，很多时候我逃班出来傻傻地站在医院门口，呆呆地看着来来往往的列车，幻想他会突然出现在我的面前……我无法形容我对他的那种思念，我才知道，只要一天见不到他，我就真的无法面对哪怕微不足道的丁点困难，甚至只能无奈地消亡。

　　我确确实实爱上一个男人了，如同大河沸腾，如同飞蛾扑火……可是，不会有人理解的，因为我对他的这份思念一直不被外人知，其实我也一直在怀疑我对他的情感，可是，在他和那位可爱单纯的小女孩的事大白天下后，我差点崩溃。

　　我的爱无处倾诉，谁愿意听？唯有把我对他的那份爱写下来，写下来，让我老去后回忆，让我从此不再爱……"

3

我拖着杨臻从外面回来，在推开我们宿舍门时，我一眼看见芮馨去年给我买的石膏像，不知被谁打成碎片丢在地上。我在门口待了一会，过去把它一块一块地拾起来。

这时杨臻已满嘴酒气地在旁边吼开了。

"谁？谁干的？是谁？！"骂着气急败坏地跑出走廊要去提拿凶手。

"说出来，是谁打烂的，老子宰了他！"

"你给老子躺床上去！"我站起身来，一把将他拉进来推倒在高翔床上，又低头捡。

捡起最后一块碎片，有人敲门，我想了想，抓起门后的毛巾擦了擦脸，开了门。

"是我打烂的，"游兰说，"我不是故意的，我……"

我让她进来，她默默地走到我床上坐了。

"我另外给你买一个。"

　　“不用，”我说，“烂就烂呗，有什么大不了的？”

　　“我知道的，”她低声说，“就算我买，也代替不了她那个。”

　　“别说了，”我拿起笤帚扫地上那捡不起来的灰屑，“我也不能留着它一辈子。”

　　“真的，我感到非常抱歉。”

　　“真没事，”我笑了笑。

4

"哎，文航呀。"我从外面打饭回来，周功这小子一脸坏笑地看着我。

"你干什么？"我一把从他手里夺过芮馨的作品。

"你那芮馨呀——啧啧！"

我瞪了他一眼，没理他。

"还在想她不？"他把嘴凑近我的耳朵，"去找她，我陪你去。"

"你少管闲事！"我当胸给了他一拳。

"哎哟，"他在胸前揉了揉，"我才懒得管呢，要不是看在她写得真诚。"

"你信吗？"我说，"我倒不信。"

"我信！"他脸上的似笑非笑逐渐散去，随之浮上的是一脸的真诚，"去找她吧，这么好的女孩。"

"不去！"我说，"当初是她自己走的。"

"唉，你怎么这样？"他忽然吼了起来，"最看不起你这种人，破罐子破摔。"

"……"

"你会后悔的！"

"不关你事！"

"呵，"他冷笑两声，"你啊，故作清高，其实什么都不是，我突然觉得你好可怜耶。"

然后笑着走开了。

"是呀，"这边周功刚走开，那边杨臻从被窝里探出头来，"我也挺鄙视你的！其实我也看不起我自己，可我更看不起你！"

"少管闲事！"我又说。

"孬种！"

"关你屁事。"我有气无力地说，更多是在狡辩。

"怪不得人家看不上你！"他差点要朝我吐口水了，"怪不得……"

"给老子闭嘴！"我终于发火了，"信不信老子揍扁你？！"

"好，好，我闭嘴，我闭嘴，大家都是哥们，我是为你好……对游兰好一些，——拿去，这是她给你买的石膏像。"

杨臻说着从背后拿出一个鼓鼓的袋子。

"你这杂种！！"

我把那袋子丢进门口的垃圾桶，把拳头捏得咯咯的响，双眼喷出恼怒的火焰，我是在尽最大的努力不让怒火爆发出来，因为我的怒火会让整个世界毁灭，我已不再是一个人，我已成了一只发了狂的野兽，只要哪怕稍稍的惊动都会让我怒不可遏。

"是，是，"他不无恐怖地望着我，忙不迭地应着，不敢再说什么，爬上床，"你真不够意思！为了一个女人跟我翻脸，你好自为之！"

"老子的事用不着你来管！"我吼了他一句，把身体重重往床上一丢，我发誓如果我再不躺下我一定要干出惊天动地的事来。

"文航呀，"我这刚躺下，高翔的声音又响起，"你知道你在做什么吗……"

"别说了，我的事，不用你们管！"

"你敢发誓你爱她吗？"他继续在一边喋喋不休，"先别说你该不该去找她，问题是，你了解她吗？单从这本书里，你就知道她是什么样的人吗？"

我一下无言以对，说真的，她到底是什么样的人？游兰说她骄傲说她冷漠说她没有良心没有爱没有恨没有感情，但在我，她整个人都是那样的模糊，而对我，也是时而冷如冰霜时而热情似火。

"她是什么样的人？"我问高翔。

"我也不知道呀。"

"废话！"我说着又握紧了拳头。

"我是说，喜欢一个人要先了解这个人……其实，你一直都在干蠢事，这半年多来，只要你身边没有这人的日子，你就像丧了魂落了魄一般，做什么事情都没劲……你不能再这样下去了，你应该忘了这女人，彻彻底底忘了这女人，不然，你会变成不折不扣的废物。"

躺在床上，听着他的胡言乱语，真有种快发疯的感觉。

"怎么样？情痴，"杨臻死乞白赖地把脑袋探进我的蚊帐来，

"走，哥们今天请你吃饭，就当是赔罪。"

"别再胡思乱想了，走，咱们去撮一顿，醉上一场，彻彻底底忘记那些女人！"高翔这小子说，"像我一样，女人么，多的是。"

"给你提点建议，对游兰好一些对你绝对有好处，别自找苦吃了。"杨臻最后说。

我用被子紧紧捂住脑袋，直到两人笑话够了我又叹息一阵后，我才用枕巾擦擦脸，长长呼出一口气。

十六

　　我蹲到学友张旁边，他依旧西装革履，表情镇静，可双目已经紧紧闭上了，黑夜真的来临，他静静地睡去了。我相信，我说过的话兑现了，早在半年前，我就曾跟痞子李说，学友张和美女刘，早已走在了毁灭的路上，而现在，是学友张自己先毁灭了。

六 1

又过了一周，离游兰她们实习结束只有两个月了，她们一个个都挺着急，忙着为工作四处奔走。

就在这个时候，学友张出事了！

那是在一个白天，我看完电影出来，在电影院门口碰到他和美女刘。在电影院里，我就看到两人搂搂抱抱地坐在我前面。

这时，我对学友张已不存在任何偏见了，说实话也习惯了。

"哎，"我跟两人打招呼，"一块回去吧。"

学友张跟我露了个笑脸，去开车。

我和美女刘站在电影院门口的十字路口等，过了一会她说饿了，想吃点东西，于是我带着她往前走，前面就是卖烧烤的小摊。

我们每人烤了个鸡腿提在手里，又返回原地等，可过了好久也没见学友张来接我们，我说你等一会儿，我去看看。

我去了电影院门口的停车场，可里面已经没有一辆车，我又回来，却见美女刘和一女人发生了剧烈的争执。

那是个有点姿色的少妇，一手还拉了个小男孩。

我一下子明白了，我走近她们，但我不知道自己能说什么，只能去拉美女刘，而美女刘也是激动得失去理智了，半点没有要离开的意思。

看热闹的人一下子多了，把我们三人围在里面，周围人也吵嚷起来，其中声音最大并得到几乎所有人声援的当然是那少妇对美女刘的责骂和人身攻击，而美女刘一开始还不停地争辩，此刻看势头不对，只能低着头，一声不吭，任由那女人诅咒。

我再次伸手拉她，但她一直不肯走，眼泪汪汪地看着地面。

这时，我不得不承认，我想起在前不久发生在自己身上的事了，我想芮馨了。其实这段时间，只要看到类似与感情能扯上关系的情节，比如两人的卿卿我我，恋人的无果而终，或是周功两口子之间的小矛盾，都能让我想到芮馨，不管心里是否承认，起码在我看来，我跟她是有过难忘的一段的。

也不知过了多长时间，我们都听到警铃声，于是，围观的人一窝蜂地散去，我又拉美女刘，她抬头朝四周看了看，没看到学友张，此刻的她，早已不是往日的春光满面，而是一脸的失望哀伤。

"咱们走吧。"她说。

我拉起她，想尽快离开这是非之地，可事情就在这时发生了。

我们刚一转身，突然，身后那少妇朝美女刘扑过来，我没来得及回头，听到冲近的脚步就拉起美女刘飞快地往前跑，但就在我们刚跑出几步时，我们都同时听到后面一声沉闷的声响，是那种人体倒在水泥地上的声响，美女刘先回过头，然后，疯了样地嚎了起来。

我回过头，首先看到的是倒在地上的学友张，然后，我看见，他的左胸前，是的，他的左胸口心脏的位置，不知什么时候插上了一把雪亮的水果刀，那刀子在火辣辣的阳光下跳着愉快的舞蹈，闪着那令人毛骨悚然的亮光。而他的身旁，站着他那目瞪口呆的妻子和一脸茫然的孩子。

世界一下子寂静下来，就像黑夜来临，人们都沉睡了。

我蹲到学友张旁边，他仍旧西装革履，表情镇静，可双目已经紧紧闭上了，黑夜真的来临，他静静地睡去了，周围的一切显得那样寂静。

他死了，没有任何生命的迹象，我抹抹眼角站起身来，我亲眼看见悲剧就这么发生了，没有任何先兆。

我确信，自己最担心的事情发生了，早在半年前，我就曾跟痞子李说，学友张和美女刘，早已走在了毁灭的路上，而现在，是学友张自己先毁灭了。

2

我厌倦了当医生，这个职业让我亲身体会了生命的脆弱，早上，又一位归我管的病人死了，我难过了好一会儿。

我走出办公室，开始盘算怎样说服家人，毕业后不用当医生。

我站在办公室门外的阳台上，往下看，是肥姐的食堂，此刻，她背对着我蹲在食堂门外的水龙头旁洗菜，而我的正前方，就是美女刘的办公室，我的右前边，是外科办公室，左前方，是急诊科办公室。

那件事后，美女刘就辞职了，之后就下落不明，我和痞子李几乎找遍了成都的每个角落，但都一无所获，我彻底相信，她失踪了，甚至心怀愧疚自杀了，这么一想，我就会难过得流下泪来。

还记得在B超室实习的那段时间，许多时候我和她一起去吃早点，就去肥姐那里，她爱吃辣，爱吃米线，而我不吃辣，可喜欢放太多的酱油和味精，她说味精吃多了前列腺会提前肿大，我说辣子吃多了以后还会得乳腺炎卵巢囊肿。

她有两间办公室外加一间休息室，她时常把钥匙交给我，我就经常在她办公室打游戏到深夜甚至通宵，有时累了，就在她床上躺一会，有时饿了，给她打个电话，她就会从家里跑来，请我们出去吃夜宵。

她曾跟我说过不喜欢当医生，理由也跟我一样，无法忍受活生生的人转眼就死去，有一段时间她甚至得了严重的抑郁症，你一定无法想象一个整天乐呵呵的女人竟然也得了抑郁症，于是，那段时间下病房做床旁检查就总是我抢着去。

我还记得，她不大讲卫生，她每次上街，总给我带一份散装的牛干巴回来，等上班带来给我吃，但她总是将它放在白大褂里要我去拿，有时我嘴里嚼着牛肉，心里却想起她的白大褂前两天还沾了病人的血呢。

她爱画画，喜欢竹，还有小花小草啊什么的，还喜欢练书法，但其"墨宝"实在无法让人恭维，她却乐观地说，"文航，半年后，我送一幅我写的书法给你，你不能忘记我。"

她妈妈去世得早。

她对病人热心。

她用情专一。

她对我很好，一直把我当亲弟弟一般关心呵护。

她对芮馨也很好，芮馨在时，时常跟我提起她。

我也很想念她，在一定程度上，我对她的想念早超出了师生间的情谊，而是家人一般的亲情、依赖。

她对每个人都很好，她的笑脸，属于每个人。

可她却没有得到本该得到的别人对她的好，她失去了她本该得到的爱。

而现在，我怀疑她连自己都失去了。

十七

　　我从痞子李衣兜里掏出车钥匙给方琪，然后架起他回医院。在路上他好像不停地问我，除了美女刘以外，天下女人到底可不可信。

1

我喜欢上了跑步，从医院门口开始，跑上成昆路，然后绕着整个经济开发区，一跑就是五六公里。

所以我每天都起得很早。

这天，因为是休息，我也没急着回去，我跑离了医院跑离了经济技术开发区。我突然觉得自己很无聊，很烦闷，于是我不由自主就坐上了开往市中心的公交车，最后，我被带到了人民广场，天还早，但人民广场很热闹，我在那里逛了一会儿，却被贴在广场边霓虹灯杆上的无数广告语吸引住了，上面说，少年作家潘芮馨将于今早9点在东方广场举行签名售书活动。

我在那里等到9点，然后，我远远地看见芮馨了，她戴了太阳镜，在临时搭起的舞台上做了简短的发言，然后，售书开始了，有一阵子我感觉她的目光射向我，于是我相信她发现我了，那阵子太阳突然间辣了起来，阳光如箭般射向我，我再也待不住，又坐公车返回了医院。

后来听说那天卖出去了三千多本。

我回来后没有直接进医院，而是又逛上成昆铁路，一直到天色暗下来，才想起该回医院了。

我来到医院门口的时候，听到门口好多人在议论芮馨，然后我又看见门口电视上，正在播放四川新闻，里面也有芮馨的相关报道。

电视上的她脸色苍白，像大病初愈一般。

可能是累坏了。

——我这么想。

——我想给她打个电话，但没有勇气拨出去。

第二天，我看见芮馨来了。杨雪跑来告诉我，说她打算回来实习最后的两个月，为了毕业证。

2

早上起床吃了早点，对上班又忽然没了兴致，于是又打电话请假，这期间我轮转到内科，带教老师是位更年期妇女，此刻一听说我请假又在那边唠叨开了，我很烦，强忍着她说得累了才挂了电话。

我去喊游兰，游兰也还躺在床上，听我喊她，翻身起床，可能是她翻身用力过猛，那被子竟被她踢到了地上，于是她没穿衣服的身体就完全暴露在我眼前，我忙跑出她们宿舍。

过了一会，她梳妆完毕出来了，脸上的绯红还未散去。我说你陪我去作家陈家吧，我一个人无聊得紧，她说行，我回去拿点钱，说着就要回宿舍，我说不用了，从今天开始，由我掏钱。

我们俩肩并肩地走在大街上，我感觉路人投向我们的都是羡慕的目光，他们一定是误会我们了。

我们走路到作家陈家，篆刻家钱小奕在阳台上捣弄着几块石头，见我们来，忙起身打招呼说，"你们坐会，陈老师出去了，冰箱里有西瓜，随便吃。"说完又继续捣弄那几块石头。

我和游兰到客厅里打开电视看了起来，她突然问，"你昨天没看芮馨的专访吗？"听我否定了，她眼睛睁大瞪着我，一脸不相信的样子。我问她芮馨昨天都说了些什么，她张了张嘴，我以为她要说什么，却端起桌上的水往嘴里灌。

"都说什么了？"我又问她，"是不是说，因为爱上一个男人，才写这部作品？"

"是啊，"她说，"芮馨说，她后悔爱上一个混混，一个有色心没色胆的孬种。"

"我有这么差吗？"我说，"你心里不也喜欢我吗？"

"去！"她打开我伸向她的手，"你怎么没一点正经的。"

"你不也一样么？"

她又瞪了我一眼，刚要说什么，作家陈回来了。

作家陈回来了，篆刻家也从阳台走了进来，作家陈手里提了点牛肉，篆刻家打开客厅里的冰箱，抱出一个大西瓜。

"我刚才看见芮馨了。"作家陈说，"在买水果，问起你。"

"是吗？"我装作漠不关心地说，"她怎么样？我看她有点不大对劲。"

"是呀，我也觉得不对劲，对了，你看了她的专访没？"

"没看！"我说，"只是昨天电视上看到她的专访，医院门口。"

"你应该去找她。"

"我明天去。"我想了想，说。

"不行，"她把一块西瓜递到游兰手里，"你现在就去，她跟我说，如果见到你，请你回医院吃饭。"

"不去，我今天都在这里吃。"

"不行，文航你不能这样，"她开始唠叨了，"你不能这样，这么好一个女孩，以后你会后悔的……"

她说到这里突然不说了，惊讶地看着游兰。

"游兰你怎么啦？哪里不舒服？"她说着跑进另一间房，不一会出来了，拿了瓶药。

"游兰在我这里，我会照顾她，你现在就给我回去！"她把几粒药放在游兰嘴里，"小奕，你去开门！"

我没有赖下去的理由，悻悻地站起身来。

"你们都有毛病，"我说着去拉游兰，"我们走！"

"老子不去！"游兰忽然像发了疯一般，朝我咆哮起来，"你给我滚远点！"

3

　　我出了作家陈家，走到她家楼下却不知要往哪儿走，我在那里站了好一会，之后才想起给痞子李打电话。

　　十分钟后痞子李骑着摩托赶来了，他问我去哪里，我说，"你带着我，随便逛吧。"于是，他带着我满大街乱闯。

　　"真不想挽回了吗？"在一处僻静的地方，我们停下来，他问我，"虽然我们都不看好，不过，或许真有机会呢，你知道，这种事经常发生。"

　　"你们不一直说我爱上她是个错误吗？"

　　"是错误，可你已经爱上她了，就得去争取啊！"

　　"不想了。"

　　"别干傻事，这次错过就真的来不及了，你们快毕业了。"

　　"算了。"

　　之后，大约有半个小时我们都没再说话，最后他说，"要不，喝酒去。"

我们去了一个半月前我跟陈列去的那家，只是我没喝酒，他一个人要了一打啤酒。

"卫小月呢？"我问他。

"别提她！"他恶狠狠地冲我吼。

之后他开始不停地往嘴里灌酒。

"怎么回事？"我说，"你们不是好好的么？"

"哼！"他这次没吼我，"她有男人，我才知道！"

"什么？"

"他另外有男人！"

我一把抓起他喝剩的最后一瓶啤酒，一口气喝了下去。

"我付出了感情，还丢了金钱，"他说，"她，吃我的，用我的……"

"老板，再拿一打啤酒！"

天黑了，我和他摇摇晃晃地走出酒吧，在我们刚要骑上车时，方琪从隔壁酒店里跑出来，一把将痞子李推翻在地，然后对我说，你想死啊，喝这么多还骑车！

我从痞子李衣兜里掏出车钥匙给方琪，然后架起他回医院。在路上他好像不停地问我，除了美女刘以外，天下女人到底可不可信。

4

我把痞子李送回他的宿舍，回来时在肥姐餐馆门口遇到杨雪，我朝她招手。

"喂，"我说，"问你件事。"

"什么事？"这女人，被周功滋润得春风满面。

"问你件事啊。"我还在犹豫，这个问题我实在问不出口。

"什么事？"

"还记得孙洁不？"我咬了咬牙，豁出去了。

"怎么不记得？不就是被你睡跑的那位吗？"

"嘿嘿，"我笑了起来，"对了，你知道她为什么走吗？"

"嗯，"她考虑了半分钟，然后摇摇头，"说实话这我还真不知道。"

"她说她怀孕了。"

"哦，"她皱着眉头点点头，过后又说："不会吧，我想想。"

"什么？"

过了大约一分钟，她忽然扑哧一声笑了起来，说："怎么可能，我记得很清楚，她的HCG是我做的，她根本没有怀孕。"

"什么时候？"确切地说，我是惊呆了。

"就是她要回去的前两天吧，"她想了想，"对，那时，芮馨不是去参加张扬的婚礼吗？我记得很清楚。对了，那天你不是还跟美女刘来妇产科看孙洁的吗？"

"哦！"

"可美女刘亲口告诉我孙洁在妇产科堕胎啊！"

"可她的HCG是阴性啊，我向老天发誓，再说美女刘不一定就看过那张报告单啊！"

5

第二天下午，我终于答应跟芮馨吃顿饭。

我以为只有我和她，可赶到酒店时，才发觉大伙都在，我稍微自在了些。

芮馨坐在我左边，痞子李坐我右边，游兰坐我正对面。

菜上来了，芮馨一声不吭地往我碗里夹菜，我一声不吭地耷拉着脑袋不声不响地细嚼慢咽。

饭桌的沉闷最终被高翔的一句骂娘打破。

他把筷子往桌上一丢，"余文航，没人拖你来，大伙在一起图的是高兴，别整天弄得谁欠你三百大洋似的。"

然后，气氛开始活跃起来，每个人都开始说话，当然，芮馨不说。

"方琪，"我看见方琪从二楼下来，"你过来。"

"怎么啦，"她走到我旁边，"要跟我喝一杯吗？不过我在上班呢。"

"上个屁的班！"我说着把酒递在她嘴边，"来，干了它，快干了它！"

"不喝，"她急急地说着，用更快的速度站到了一边，"你们先玩一会，我还有十分钟就下班了。"

她急急地朝电梯走，到电梯口，回头看了我和芮馨一眼，同时冲芮馨露了个笑脸。

芮馨没看见。

"游兰，"我说，"你过来，你们就快毕业了，咱俩先干一杯。"

游兰看了看芮馨，见芮馨微笑不语，便端了一杯酒过来。

"我先跟芮馨姐喝一杯，"她说，"来，芮馨姐，我敬你一杯，你是我们在座所有人的榜样，是不是呀各位？"她说着问在座的同学，在得到别人异口同声地响应后，她往自己杯里倒酒，"我们都要以芮馨姐为榜样，活出精彩，活出与众不同……"

她先给自己倒满酒，然后拿过一瓶葡萄酒，要往芮馨杯子里倒。

"我喝白酒，你喝葡萄酒！"

"慢，"芮馨用手挡住了她，"今天难得大家这么高兴，我也喝白酒。"

她说着，往杯子里灌满白酒。

"干！"她说，"真快，对了，还有一个月，对不？"

"是的，还有一个月多一点，就结束了。"

我看着芮馨皱着眉头把满满一杯白酒灌进了喉咙。

"再干一杯，"她说，"是啊，真快，可惜我们之前交流不多，可惜啊，这么快就毕业了！"

"是啊，"游兰看了我一眼，脸红了一下，又对芮馨说，"以前哪里做得不对，请你原谅。"

"哎，"芮馨在两人的杯子里倒满酒，"说这些干什么？都过去了！最后一个月，我们要玩得开心！"

"是的，"游兰木然地端起杯。

"今天我很高兴，"芮馨把那杯酒灌进肚里，又说，"因为，文航来参加我的饭局——来，文航，我敬你一杯！"

她说着，为我端起杯。

"够了！"我两下打落她双手里的两个杯子，"今天的你让我非常讨厌，非常令我……恶心！！"

我看着她，一字一字地说，"在向我们炫耀对吗？不就是会写几个字写两本书吗？！"

我骂着，同时提起桌上的酒瓶，用力砸在地上，然后冲出了酒店。

身后，痞子李追了出来！

"你站住！"他在我身后骂着，"老子算看透你了！"

我不理他，径直往前走。

"余文航！"他追上我，一脚将我踢翻在地，"你还是男人吗？你给老子回去跟她道歉！"

他说着来拖我，我没挣扎，随他拖着。

我的身体在地上摩擦，我的脸出了血，但我没觉得疼。

我被拖到了酒店门口，芮馨跑了出来，我忽然不知哪来的力量，一下子站起，一把甩开痞子李紧紧攥住我的双手，疯了似的往宿舍跑去。

我跑回宿舍，还没躺上床，我便杀猪般地嚎了起来。

十八

　　我冲到窗前，冲出这黑夜中黑暗的阳台，眼睁睁地看着她把那还在闪着七彩光芒的水晶往窗外一扔，看着它无声无息地在漆黑的夜空中消失了，如同划破夜空的流星，无声无息无痕迹。"在我最美好的年华里，我从没遇见过你！"她在我背后说，"你走！我再也不要看到你！"

1

自从那件事后，我变了。

那次号啕大哭，让我忘记了一切伤心事，包括对芮馨的爱，我不在乎了，确切地说是麻木了，我觉得，什么都不重要，现在最重要的，好好毕业吧，否则我永远抬不起头。

我开始努力学习，除了学习，我想得最多的，就是美女刘。

我几乎每天都想她，想那我遇到她之前从未见过的阳光笑脸，想她那会说话的大眼睛，想她对我超出朋友甚至家人的关怀……

我知道她还活着。

她去了哪里？

我和她，还能再见面吗？

就是在那件事发生后的没几天，朱志清突然来找我，他告诉我，他看见美女刘了，只是没在成都，在w市。那天，朱志清还转达了她对我的祝福，然后，朱志清告诉我，他伯父快不行了，他得回趟北京。

那段时间我还是每天坚持跑步，然后，精力充沛地上下班，对病人全心全意，对工作百分百投入，对任何人都怀着友好的心态，也敢抬起头来，直视芮馨投向我的目光。

我一度认为，这是因为美女刘还活着的缘故。

是的，在这个无亲无故的城市，就算我失去了爱，就算我一无所有，但我永远会有一个美女刘——我的信仰，她永远不会抛弃我！

2

我坐108路公交车到九眼桥后打出租车到西部火车站，之后又花了五元钱乘摩的到E路行电脑公司。

早上我莫名其妙地接到一个让我万分激动的电话，一开始我手提着话筒，耳朵却老是听到对方急促喘息的声音，我刚要懊恼地挂断，那边却说出一句，"你是文航吗？"我说我是文航，我问他你到底是谁，为什么半天没有一句话？那边说，"你忘记我了吗，文航？"他再次说出这句话时我不得不承认我确实认识这个人——而且一定是个我非常熟悉的人，可我却怎么也想不起这该死的可能是我的发小的人。

——应该是我多年没见的好友，我只能这么想。

"你——真的想不起我来了吗？"对方又说，说完轻轻咳嗽了两声。

听到这两声咳嗽我浑身一个激灵，我终于记起这是我多年前的一个朋友，我一下子想起是他，我一下子便确定了是他——一定是他，一定是纪权！我记得纪权说过他小时候得过肺结核，由于没有得到及时的治疗所以一到天气转凉就犯病。于是我说，纪权，你小子一定是纪权！你告诉我你在哪里？我这就来看你。他又在那边喘息了大约半分钟，接着说那你到西部火车站打摩的来E路行电脑公司吧。

于是我就来了，我怀着激动的心情屁颠屁颠地赶去了。

一个半小时后我到了E路行电脑公司，在门口徘徊了大约两分钟后，我那小时候得过肺结核小时候尿过床小时候就死了爹小时候饭都吃不饱而此时又在咳个不停地朋友"咳咳"着微笑出现了。

见面的那几秒钟我们谁都没有说话，一见到他我就明白我这位比我可怜几倍的朋友没有去读他梦中的大学，但是什么原因让他没去读大学呢？为什么这么多年一直联系不上呢？为什么会在分别这么多年后的今天突然想起还有我这样一个朋友呢？而他这几年过得怎么样？

对视几秒钟后我们紧紧拥抱在了一起，同时，我激动地发现，他的眼眶有晶莹的东西在不停地闪烁。

"人的一生总是有太多太多的无奈，"我们坐到他办公室里，他第一句话是这么说的，"在我接到西南财大录取通知书的第三天，我二叔和我二婶还有我们家的拖拉机从刚通到我们村的公路上摔下了万丈悬崖，两人死无全尸……"

他闭上眼睛，摸索着端起桌上的水喝了一口，接着说："我那二叔家的弟弟才刚满两岁……如果你站在我的立场，你该怎么办？你还要读书吗？我那可怜的奶奶天天哭，夜夜哭，我那同样可怜的妈妈在一夜之间愁白了头，你说我该怎么办？我那刚满两岁的弟弟——那可怜的无知的弟弟天天吵着要牛奶喝，他父母下葬那天，他还坐在父母棺材旁一脸茫然地看着来来往往忙个不停的乡亲们……（说到这里他剧烈地咳嗽了几声）还好，文航，还好我没有倒下，我硬起头皮咬紧牙关挺过来了，你们读大一那一年，我和同村的伙伴到外地帮短工，伙伴们力气大干的活多，他们一次可以扛起一百多斤，而我，使出吃奶的力气咬破了嘴唇也只能扛个五六十斤，他们一天能挣十五元，而我，一天挣到七八元都是他们照顾我；你们读大二的那一年，我到云南省铺铁路；你们读大三的那一年，我在成都学电脑，课余时间我到网吧当收费员到超市当服务员，到大山公司当送水员，夜里还会去小区里当保安……我什么都做过了，我什么苦都吃过了，我硬着头皮咬紧牙关挺过来了。现在，我在这里找到了一份属于自己的也比较不错的工作，我弟弟也已经读书了，我把他当亲弟弟他把我当亲哥哥把我妈当亲妈，我发誓要让他帮我圆了大学梦，我的家景也逐渐改善，我想尽快挣到足够的钱，把奶奶妈妈弟弟接到成都来。"

他朝我笑笑，又喝了口水，"我妈妈最近为我在村子里物色了位听说可以作我媳妇的好女孩，我没见过她，听说读了中专，在村里当村医呢（说到这里他又笑，又咳嗽，又喝水，而我脑海里一闪，忽然想到游兰他们，或许可以建议那几位同学回去当村医）。我妈妈每次给我打电话总会催我回家完婚，但我知道我不会回去了，说到这里我不得不提及一个人，我已和这人确立了恋爱关系，我想，我们能够走到一块……她就是亚楠。"

"亚楠？！"

"对，就是亚楠，她大学没毕业就来到这家公司，你——你也知道，她读高中时曾喜欢过你，但那是过去的事情，只是，我觉得有必要跟你说一声，毕竟，你们曾有过一段难忘的岁月（说到这里他又剧烈地咳嗽），"我们一定能走到一块，她的弟弟刚考上了大学，好像是重点哦。她的母亲也老是犯病，我想也挺不了多久了。所以，如果可能的话，我们会在她母亲有生之年完婚。"

"我为你们感到高兴，祝福你们！"我握了握他的手，衷心地祝福他们。

"谢谢，还有海斓，现在回我们县高中当化学老师了；还有罗静，大学毕业后留院了；还有远哲，四川大学毕业后，现在在一家电视台工作……如今只有你了，快毕业吧，毕业了，成个家。"

"谢谢。"我站起身来，转身看着窗外五彩斑斓的天空，再美丽的天空也留不住我们无情流逝的童年。

"对了，"我问他，"有陈列的消息没有？"

"陈列？"他又咳嗽了几声，"他没告诉你吗？他爹死后，他进了乡政府，顶替了他爹的位置，他这么善良，也算善有善报吧。"

"那方琪怎么办？"

"他说随缘吧，不想再来成都了。对了，你帮他转告方琪一声，如果觉得她和陈列还有希望，那就去找陈列，只是，陈列有一次好像对我说，方琪有段时间曾瞒着他卖淫，而且，方琪家人也一直不同意两人在一起。"

"他以前怎么不跟我说？"

"这我不知道，不过听得出来，他很喜欢方琪的，他不在乎方琪那些事，只要以后不再做了，我想，他现在进了乡政府，他是想过点实在的日子了，从小到大，他都遭人白眼。"

"我会告诉方琪，我一定让她去找他的。"我说。

3

随着实习的即将结束，我想，所有的一切，也都将结束了！

我忽然想起，我还欠芮馨两千元——那帮孙洁"打胎"的两千元。

我确信，那晚上我跟孙洁什么也没发生。

但是，事情的关键是，我跟她开房了！所以，我跳进黄河也洗不清。

半夜一点钟。我在门口徘徊了近半个小时，还是敲响了芮馨的门。

"进来！"过了好一会，她在里面说。

我推门进去，见她拿了解剖书在看。

"还不睡吗？"我问她。

"就快睡了，"她冲我笑笑，站起身来给我倒水。

"不用了，"我说，"我这就走。"

我把装了两千元钱的信封放在她手上，她打开看了一眼，脸色即刻变了。

"什么意思？"过了一会，她轻声问我。

"还你钱啊，"我说，"都这么久了，我都不好意思了。"

"嗯。"

她复杂的目光射向我，我耸耸肩膀，

"真不好意思，"我又说。

"你走吧，"她又说，"我睡了。"

我看了她一眼，她把脑袋伏在桌上，双眼冷冷地看着窗外漆黑的夜空。

"出去！"她忽然吼。

我忽然想起她低血糖那次，那次她的声音就像这样，这是零下一万度的声音，这声音从她口中出来，即刻变为冰块，然后甩向我，我也即刻变为冰，这块冰，能凝固整个宇宙。

"对不起，"我说，"芮馨……"

她不理。

"芮馨……"我又喊她，"对不起！"

还是不理。

"对不起，是我不对……"

我更加觉得无地自容，我是多么惭愧，我忽然感觉——原来，我的心胸是多么的狭隘！

"还有这水晶，"我说着，从衣兜里掏出在她生日那天为她买的玻璃水晶，"你生日那天没能给你，现在，放你这吧。"

我说着把那水晶放在她旁边的桌上，然后默默地转身。

"站住，"她说，"你……"

"你，"她又说，"还喜欢我吗？"

听了这话，我又哽咽了，我默默地点点头，回过头，她还是把脑袋对着窗外。

"不！"可是，我嘴里却是这么说的，"我从来没喜欢过你！"

她笑出声来，过了好一会，她说："你喜欢我，可你为什么总要这样？你人本质不错，可为什么要一次又一次地伤我心，从没想过给我希望。你知道吗？你从没给过我希望！包括在学校期间，你从没有！我曾以为是你不成熟，可是，我追你到医院里，我再次给了你机会，可你一点没变，你直到现在也让我看不到丝毫希望……"

我用力喘了几口气，心想，也快毕业了，干脆就在今晚说清楚吧。

"不！"我说，"你自作多情而已，我从没喜欢过你！我发誓，就这样，我走了！"我说完这句，大踏步走出她们宿舍。

"站住！"她又说，"你敢发誓？！"

"我……发誓！"

"好。"

我清楚地看见她咬了咬牙关，然后，抓起我放在桌上的水晶，扔出窗外，连同那装了两千块的信封！

"呵呵，"她笑了起来，带泪的笑声，"好吧，你走吧，我的人生从没有过你！"

我冲到窗前，冲出阳台，这黑夜中黑暗的阳台，我眼睁睁地看着她把那还在闪着七彩夺目的光的水晶往窗外一扔，看着它无声无息地在漆黑的夜空中消失了，如同划破夜空的流星，无声无息无痕迹。

往上看，漆黑的夜空没有一颗星星。

"在我最美好的这几年里，我从没遇见过你！"她又说，"你走！我再也不要看到你！"

4

那天晚上，我把高翔他们拖了出去。

高翔吐了一地："文航你告诉我，游兰这人，怎么样？"

"什么怎么样？"我拿冷水漱了漱口，然后喷在地上，"你怎么想我不管，总之我和她没什么，起初她说我像她哥。"

"她哥？这娘们的话你也信？她哪来的哥？老子去过她家无数次，她家没哥，她亲戚家没哥，她哪来的什么哥？你这傻子，她是在找借口泡你你都不知道。"

"我真的不知道。"我说。

"唉，不过算了，"他又不停地往嘴里灌酒，"我对她那么好，我对她好了三年。三年啊，没想到，来这里不到一个月，她就提出分手，这娘们，我真后悔，我真后悔啊！文航，哥们一场，你们怎么样我不管，但无论如何你要好好对她，你把她当妹妹也好，把她当情人也好，总之你要好好对她，你这杂种，看不出你哪点比我强，怎么就能一脚踏两船……"

他语无伦次地说着，但也让我明白，这兄弟平时吊儿郎当，但没想到他用情是专一的。我没说什么，因为头痛得不行，就用百事可乐跟他喝了一杯，然后他就睡了过去，而另外两人还不停地喝，后来，周功也被杨臻放倒了，但杨臻自己也很快就不行了，又独自喝了几分钟胡侃一阵后也趴下了。

"短短五年，我的头发白了，我看到我的头发白了，"周功倒下前，嘴里吐着山珍海味，一只手搭在我的肩膀上，"五年啊，这么快，也不知道五年以后的我又会变成什么样。"

记得那是我们四人最后一次一起喝酒，第二天我们都没去上班，我躺在床上，不停地想着芮馨。

而那个晚上，也是我们四人相聚的最后时光，从那以后，高翔就整个人都变了，首先是不再上班，应该说是旷掉所有可以旷的班，又过了一段时间，他干脆连宿舍都不呆了，白天尽往外跑，晚上回来，问他干什么去了，他总笑而不答，或是说，我这不是好好的吗？但他每个细微的举动都变了，眼眸中也有了淡淡的忧郁，平时见他也总觉得心事重重，直到他们快离开的那天，杨臻不知哪根筋出了毛病竟偷偷地跟踪他，才发现这兄弟是真的变了，原来他在外面找了份工作，他告诉杨臻说他再也不想跟家里要钱了，他想自己挣钱读成都医科大学。到这时我们才知道这位兄弟根本不是出身于什么富贵之家，他爸是个普通得不能再普通的人民教师，他妈妈常年多病，而他那身名牌，全靠他假期打工挣钱买的。

直到现在，我还时常清楚地记起他来，和他相处的那段日子，虽然说得上快乐，但绝对没到刻骨铭心的地步。但许多事情不也是这样的吗？我们不能奢求人生的每一步都铭心刻骨，只要每天活得精彩。但我们的那段日子就如同发生在昨天，他那四六分式的过时了的郭富城式的小分头，那不羁的笑容，那吊儿郎当的举动，说着三字一顿的话，他对所爱的人真挚的情感，那时而幼稚天真时而让我们觉得过早成熟的心，我忽然觉得我们都不如他。后来，到了该走的时候，他很洒脱地走了，和杨臻一道。于是，这两个哥们，也和我生命中的无数人一样，分别了，就再也没有相遇，如同从人间蒸发。

5

小雨淅淅沥沥地下个不停，我在雨中走了三个小时，然后，我到了E路行电脑公司。

"你疯了？"纪权看见我，丢给我一条毛巾，"你看看自己都淋成什么了？"

我擦了擦还在淌水的身体，问他有没有钱。

他丢给我一千块，说不用还了，就当请你吃了几顿饭，然后我问他亚楠最近怎么样。

"老样子，"他说，"只是听说她母亲快不行了，她昨天急急忙忙赶回去了。"

"那你们得快点把事办了啊，万一她母亲真的就去了……"

"唉，先别谈这个了，"他打断我的话，"说说你吧。"

"我跟你不同，"我喝了杯热水，感觉身体暖和了一些，"我工作还没搞定，最近烦得不行。"

他没说什么，转身走进另一间屋子，我抓起身旁桌上的一本书翻了起来。

"你要参加自考？"我问他。

"是啊，"他在里面说，"我现在就差文凭。"

"亚楠怎么没毕业就来这里来了？"

"我也不知道，不过她能拿到毕业证，只是学位证可能有问题。"

"有时间去找我玩吧，"我说着走了出来，"结婚记得通知我。"

"还在下雨啊，"他从里面追了出来，想拉住我，"要不一块吃顿饭吧，雨晴了再走。"

"不了，"我想了想，回头拿起他丢在墙角的一把伞，"代我向她问声好。"

我顺着大街一直往北走，我又看到上次跟芮馨逛街看到的那几块广告牌，我已经深信不疑，上面那人就是芮馨，有一会儿我停住脚步呆呆地看，然后我又到了那家配镜店，却关着门，我问了隔壁的人，说一个月前倒闭了，老板跑路了。

我忽然想起，其实我还欠芮馨那副眼镜钱呢，一想到芮馨，我整个人又哀伤起来。

然后我开始漫无目的地走，中午在路边小摊前吃了点酸辣粉，到天快黑了我才回了医院。

十九

我伸手往背后摸了摸，感觉黏糊糊的，然后我看见，那家伙提了一把刀站在我后面。

1

　　我去人才市场递了一份应聘表，出来时远远地看到卫小月，牵着一个男人的手，我呆住了最少两分钟。这时她也看见我，我清楚地看见她脸红了一下，然后她朝我走来，我以为她要跟我说话，但她没有，她用肩膀故意碰了我一下，然后，我清楚地看到她骄傲地昂起头。

　　我为她撞到我而不向我道歉而愤怒，我为痞子李以前有这样的女友感到耻辱。

　　"喂，"我两步追上她，"你撞到我了！"

　　"那怎么办？"她回过头，挑衅地看着我。

　　"道歉！"

　　"凭什么？"跟她一起那男的问我。

　　"好吧，"卫小月可能害怕事情闹大，朝我深深鞠了一躬，"对不起，这位大爷！"

　　"现在爽了吧，"跟她一起那男的说着，推了我一把，"给我走开！"

"滚蛋！"我满腔怒火一下子爆发了，我朝那的脑袋上一个右勾拳，"献啥殷勤呢！"

那男的好一会才回过神来，但脑袋早挨了一下，然后血就从鼻腔里淌了出来。

"不服是不是？"我看他回过神来了，即刻又飞起一脚，"找死呀你！"

他刚要反抗，我那一脚早踹在了他胸口上，然后我看着他捂着胸口蹲下身去。

我再飞出一脚。

"别打了！"卫小月忽然哭了起来，"我们哪里得罪你了，你说我们哪里得罪你了？"

我这一脚在他脑袋旁收了回来，我咬牙切齿地看着他，我恨不得宰了他。

我回过头，推开身后围观的人，我必须赶紧离开。

"我看你活得不耐烦了！"忽然，身后传来一声吼，我慌忙回过头，但一切都迟了，我刚刚反应过来，我的后背早挨了一下，我伸手往背后摸了摸，感觉黏糊糊的，然后我才看见，那家伙提了一把刀站在后面。

他吼着，又一刀刺来。

我躺了下去。

2

人民医院外科。

我中了三刀。

背后缝了七针，手臂缝了五针，伤得最重的是屁股，缝了二十几针。

背后的伤口，是在我没反应过来就砍伤的，手臂，是他在我伸手去挡时砍伤的，屁股上的一刀是怎么回事我不知道，其实当时我还没晕过去，只是太紧张了，忘记他的刀子怎么插上我了。

屁股的伤有点可笑，用高翔的话说我的屁股是被二分为四了。

所以我只能翻扑着睡，每天有护士准时为我换药，开始几天是每日两次，后来几天每日一次，再后来是隔一天换一次。每次换药，我都想找个地洞钻了，我为自己的屁股暴露在光天化日之下感到羞耻。

为我换药的护士长得很漂亮，她告诉我她叫赵婉玲。

这是个手脚非常麻利又热心善良的小姑娘。

这天，芮馨来了。

"痞子李被抓走了。"在问候了我几句后，她说。

"怎么回事？"先前我一直没理她，现在我问。

"打了那人，那个砍伤你的人。"

"伤得重吗？"

"右手是断了。"

"警察怎么说？痞子李真的会有麻烦？"

"看他表现了，工作可能丢了，"芮馨顿了一顿，又说，"如果坐牢，至少也得三五年。"

赵婉玲端了换药盘进来，我想到自己的屁股，冲芮馨吼："出去！"

芮馨走了出去，我看着她的背影，想着她转身时看我的眼神。

第二天芮馨没再来。

第三天也没来。

第四天来了。

"好点没？"

"嗯。"

"可以下床不？"

我一言不发，默默地看她给我削梨。

"不过别起来，你还不能坐。"

"喂，"我说，"咱们该好好谈谈了。"

"什么也别说，"她把削好的梨分成小块递到我嘴里，"什么话，养好病再说。"

之后她拿起我丢在另一张床上的脏衣服。

"别动！"我命令她。

"我去洗了，"她愕然地看着我，"你看，臭烘烘的。"

她说着推门出去。

赵婉玲端着换药盘走了进来。

"我想出院了，"我说，"或者转院。"

"出院不行，"她垂着头，小脑袋一晃一晃的，而双手在异常熟练地操作着，"要转院，我可以帮你说说。"

"谢谢你！"

"嗯。"

第二天我办了转院手续，作家陈开车来接我，因担心在路上出问题，赵婉玲一定要送我回我们医院，我说行，你最好在我们那里上班，天天帮我换药。

在作家陈的努力下，我住进了我们医院外科高干病房。

"还真有点舍不得你。"赵婉玲把我安顿好，说。

她这人，一天到晚都叽喳不停，而每说一句话都要一阵摇头晃脑，而她走路也是蹦蹦跳跳的，这让我觉得很可爱。

"为什么？"我问她。

"没什么了，"她笑了笑，"我管过的病人，我总是这样。"

"哦，"我把床旁的电视遥控丢给她，"要不，坐会儿再走。"

"怕不行，唉，"她蹦蹦跳跳地往门口走，"对了，能给我留个电话吗？"

她说着走了回来，我把电话号码抄给她，她递给我她的名片。

"我走了，"她说，"祝你早日康复。"

"再见，"我说，"好姑娘，改天我请你吃饭。"

"好呀好呀，"她在门口回过头，"我要吃大餐！"

3

我出院了。

在病房门口的体检秤上，我站了上去，发觉自己足足重了六斤，我给赵婉玲打电话，告诉她这个好消息。

我回到宿舍，游兰过来看我，在聊了一大通废话后她说，"晚上足球场，我等你。"

"我等你，"离开时她重复说，"今晚足球场。"

我从窗口看外面的天空，春雨洋洋洒洒。

二十

朱志清死时一丝不挂，身旁躺着几块被狗啃过的骨头，有几只老鼠在他肚皮上跳舞，在他全身上下撕咬，有一大群蚂蚁在他全身上下赶集。我突然想起，这家伙是位行为艺术家。

1

　　风越刮越大，其实成都给我最深的印象也就是风大。所以说，成都，真是空气最好的城市。

　　"好冷。"她说。

　　我好像没听见她的话，我的耳朵早被那呼呼的风声灌满了。

　　"有什么事吗？"我问她，我倒觉得有点烦了，我已被她约出来好一会儿了，但她就跟我谈了几句无关紧要的话。

　　"其实，"她开始变得吞吞吐吐了，"其实也没什么，心情差，想找个人聊聊而已。"

　　她说着就伸手来挽我。

　　"为什么呢？"我问，我没挽她的手，有意无意地往旁边躲了一步。

　　她没说话，又走回到那最黑暗的角落里。

　　"如果没事，我想先走了。"我口中这样说，但人却跟了过去。

　　毕竟要分别了，我不想有一天她突然想起我时只有苦涩。

"我们，是朋友吗？"又过了一会，她问出的却是这么一句。

我听着整个世界的风声，拍拍她的肩膀，一声不吭。

"你告诉我！"

"当然是朋友，"我又拍拍她的肩膀，"很好的朋友。"

"只是朋友吗？你告诉我！"她又说，同时激动起来，"你知道……我是说……"

我没理她，她也没往下说，我也不希望她继续说下去了，我不想再犯错更不想以后后悔。

我忽然有一种想逃离的冲动——如果我还找不到其他话题。

"你说话呀！"她忽然提高了嗓门。

我看了看四周，灯烂了，天很黑，路看不见，足球场上那道小门也被风吹关了起来。"我很累。"我说，我又皱起眉头，我得好好安慰她几句，然后想个好办法离开这里。

痞子李算说对了，我这人一碰到难于解决的问题就总是想着逃跑，从不想要如何面对如何解决，这是一种懦弱吗？我问自己。

但我很快发觉这女孩有点哽咽了，而这时我这该死的办法还没想好。

"我并不是要你为我做什么承诺，我更不会要你为我付出什么，"她努力不让自己抽泣，"因为你不会，我只希望……我们快走了……一年了，你知道，我心里想的是什么……"

她终于没能抽泣就哭出声来了，我把手帕放在她脸上，又拍拍她的肩膀，我想安慰她，但不知从何说起。

我脑海里掠过这一年来关于她的一些片断，我想告诉她其实时间可以让许多事情慢慢淡去，哪怕是那刻骨铭心的事。

"我恨死你！"她使出吃奶的力气从哭泣中找到个说话的余地，"你怎么这样对我，我对你那么好你怎么可以这样对我，你这无情的怪物，难怪，难怪芮馨不喜欢你！"

我一下子僵住了，像被闪电击中一般。

——我无情？！

我转过身，为她擦擦眼泪，拉起她。

"别哭，游兰，跟我回去！"

"别碰我！"她手一甩，又推了我一把。

我一个趔趄，差点摔倒。

"走，跟我回去！"我吼，"回去睡你的觉去！"

我用力拖她，其实我心里一直对她心存感激，被一个人喜欢，对我来说是一份承受不起的厚礼。而游兰却义无反顾地把这份厚礼给了我……

"哇——"她忽然张大嘴巴，不顾一切地哭了起来，扑倒在我怀里。

"我恨死你……我好讨厌那女人，"她断断续续地说着，不停用双手捶打我的胸口，"你这无情的东西……"

她的哭声她的话，在这个夜里清脆无比。

黑夜里我看着她，我忽然想去盘龙寺，想去求支签。

2

我把游兰拖回医院，在她们宿舍门口，我很认真地对她说，我就混蛋一个，一个自卑懦弱的人，我根本配不上她。

然后我回了宿舍，高翔杨臻在聊今天找工作的收获——可惜好像没什么收获。

这时电话响了。

"文航吗？"是作家陈。

"我是。"

"朱志清的事你听说没？"

"他怎么了？"

"他死了！"

芮馨陪我去看朱志清。

朱志清家并不富裕，他死后，他读清华时的同学，四川大学的副教授老方告诉我，说实话他家很穷，穷到他的父母只得把他送给了光棍汉酒鬼，就是他那独臂伯父，他伯父嗜酒成性，脾气暴躁，这哥们小时候没少挨揍。还好，他很争气，学习上从不用家人担心，甚至一路过关斩将一鼓作气上了清华大学。

20世纪60年代末70年代初，北京的农村什么模样我无从得知，只听老方说，他家是吃了上顿没下顿，还好独臂伯父写得一手好字，而人们也看他家可怜，就允许他伯父给别人写写字，所以，给别人写字，就成了全家人唯一的伙食来源。小时候的朱志清，时常跑回父母那里蹭饭吃，但一旦被伯父知道，又是一顿揍，于是，他就会很听话一段时间，但几天过后，他又偷偷跑回父母那里，然后又被揍，他就这样被伯父揍着长大，直到成人。

十四岁以前，他都跟伯父一块睡，他的小脑袋放在伯父那条健康的手臂上面，十四岁那年，他上了高中，老师一再要求住校，他才不得不离开了伯父，可每个星期六，他还是要跑六十多公里的山路回去，有时还会担上一担柴。

十二岁以前，在家他很少穿裤子，去学校，才会穿上那唯一的一条裤子，有一次他放学回家，路上下大雨，在经过一块田时，他看见被雨水冲垮的田里，有无数鱼儿在跳跃，他便把裤子脱下来，在两边裤角打了死结，把鱼捉进裤子里带回家去，这让他跟伯父美滋滋地吃了两餐，但第二天，他只能光得屁股去上学。

十七岁那年，他上了清华大学，二十一岁大学毕业后，他却不务正业。

一个月前，他找到我，见面的第一句话："我看到美女刘了"；第二句："我要回北京，再潇洒的流浪诗人也要有个家是不？"第三句："然后，我打算去越南。"

一个月后的现在，他从越南回来了，而此刻，他却躺在我的眼前，全身发紫。

他死在白马小区一条僻静的小道里，人们发现他时，最少在他死的两天后了，他死时，一丝不挂，衣服也不知被扔往哪里，可能是被乞丐拿走了，身旁躺着几块被狗啃过的骨头，有几块有些发霉的面包，有几只老鼠在他肚皮上跳舞，在他全身上下撕咬，有一大群蚂蚁在他全身上下赶集，在他屁股里建巢，可以想象，老鼠和蚂蚁多么快活。

警察说，他是饿死的。

我忽然想起，躺在我眼前的这朋友，是位行为艺术家，是位喜欢表演饿肚子艺术的行为艺术家。

我又想起半年多前在作家陈家里认识他的情景，想起那天他说过的每一句话。

"我到过很多地方，中国真大啊，可却没有我没到过的地方了。我下一步打算去南非，去印度，去看看那些贫穷的人，我的艺术一定能让他们在心灵上产生共鸣，这是我这一生最大的奢求了……我很佩服我那可以几天不吃不喝的女友，可惜她在我大学快要毕业时死了，是冻死的……唉，人这玩意真是说不清，说不定哪天我也像我女友一样冻死在街头……"

他的同班同学，四川大学副教授的老方告诉我，其实现在朱志清已经有一些钱了，但他为什么要饿死，没人能想得通，可能是为了他深爱的女友，也可能是他觉得自己已经超脱尘世，不过不管怎么说，他找到了他真正的归宿，他的死亡其实也正体现了他的理想和自身的价值，为心中的艺术献身！

3

"纪权要我告诉你，他和亚楠下周五回老家结婚，趁亚楠她妈还在。"方琪在电话那头说。

"哦，代我祝福他们。"

"我也要走了，找陈列去。"

"你能找到他吗？"

"纪权带我去。"

"好，代我向他问好，同时也祝福你们。"

"谢谢，也祝你一路走好！"

"呵呵。"

"真的，我得好好谢谢你！"

"不客气。"

"那——再见了，保重。"

"再见，保重！"

4

是的，一切都飞快地向着结局发展。

美女刘消失，痞子李被抓，学友张死亡，朱志清去了他的艺术天国。

最后一只红嘴鸥，也飞向了外面广袤的天空。

游兰她们已经开始整理东西了，再过一个星期，她们将跟我们作别。

医院开始筹备招下一届的实习生，我们的师弟师妹和游兰高翔的师弟师妹，又将在这家小医院上演我们曾经的故事。

周功和杨雪天天往外跑，想在成都找份称心如意的工作。

作家陈找我了，说如果我愿意留在这家医院，她会帮我忙。

杨臻不再喝酒，准备毕业考试。

芮馨不再去上班，准备毕业论文。

高翔一天也不在医院。

黑炭头已经找到了称心如意的工作，到成都一家三甲医院当护士。

另外那些同学，也急着做这做那，分秒必争，仿佛到了生命的尽头。

我不再想这想那，静下心来补英语。

一切都向着结局发展，我期待结局的快点来临。

二十一

　　在一个风雨交加的早晨，我和赵婉玲去了盘龙寺，我们一同求了一
支签。

1

槐花飘香，五月来临。

月，依旧上演着阴晴圆缺的浪漫，但，我——作为人的我心里却没有悲欢离合，日子，还是那样一天天流过，我就在这流逝的光阴里麻木地本能地活着。我又把我的多情我的爱深藏了起来，夜深人静时，我会突然惊醒，有时发觉整个枕头都很冰凉。这时我就会问自己，你到底要思念她多久，你到底要把这份爱装多久？同时我还会想到游兰，但不知她是否也和我一样夜不能寐。

感情，是个怪圈，人们，在这怪圈里迷茫彷徨，你爱我，我爱她，她爱他，他，又爱另一个她，而她又爱着另一个他，而他，爱的可能是你。

"我的心/在你手上/而你的心/在谁手上/是你的心出了问题/还是我的心/过于多情……"，如果人，能乱爱就好了，那就用不着迷茫用不着彷徨用不着每个人都受伤，爱的人受伤被爱的人也受伤。

2

我开始和赵婉玲频繁地通话，十几天后，我们开始频繁地来往。

跟她在一块，我的心会踏实一些。

感情的问题理想的问题现实的问题成年人不得不想不得不解决的问题这些乱七八糟可预料不可预料的问题还有最重要的找工作的问题，这些问题死命地压住我，压得我不能自主地呼吸。

早上家人打来电话，兴冲冲地告诉我，说我的工作搞定了，是去家乡的县医院，我没有高兴，也没有不高兴，没有反对，也没有不反对，我就像个局外人静静地听着对面那发了狂的声音，那边絮絮叨叨地说，"你要好好干，别给家人丢脸，不懂的问题，要问老师……"

整个通话的过程，我就说了四个字：喂，妈……再见。

放下电话，我翻出这十几年来我画的两大箱画，我把它们堆成一堆，就堆在宿舍的正中央，然后坐到床上默默地犯傻，这其中有我画的第一幅画，是临摹徐悲鸿的《风雨鸡鸣》，还有我获奖的第一幅画，是一幅竹，还有我最喜欢的一幅，是临摹傅抱石和关山月的《江山如此多娇》，还有几幅是到四川峨眉山北京长城大理苍山上画的，我把它们统统堆在一块儿，这些东西在我家人眼里，是连废纸都不如的东西。我泪眼朦胧地看着它们，看着它们一幅幅站立起来，如鬼魂般飘了起来，慢慢地离我而去，逐渐远去。

我为自己倒了一杯水，我想找个打火机，我想把这个重新出现在我脑海中的理想和现实的狗屎问题付之一炬并永远忘记。

可我一直找不到打火机。

随后赵婉玲推门进来，惊讶地看了我一阵，之后默默地收拾起它们，之后我才发觉原来我的打火机是揣在了裤兜里。

第二天，那是一个风雨交加的早晨，我们一起去了盘龙寺，我们一起求了一支签。

二十二

她又点了点头，但没回头，我以为她会哭出来，因为我也觉得异常伤感，但她没有，她只是轻轻干咳了几下，然后我看见她在走廊的拐角处飞快地一闪，便再也看不见了。多年以后，我常想起她在教堂里说的那句源自《圣经》的话："您可知爱情如死之坚强，嫉恨如阴间之残忍，所发的电光，是火焰的电光，是耶和华的烈焰……"

1

芮馨生病了，高烧不退，第三天，她姨妈来接她。

于是，她暂时离开了我们。

第七天，游兰她们离去的前一天，她回来了，我看她脸色好苍白，她的目光一直对我躲躲闪闪。

她邀我在一楼的小花园里见面。

"做最好的朋友吧，留个回忆。"她对我说。

她的眼光飘忽不定地看着周围，让我觉得她是心不在焉。

"嗯，"我耸耸肩，笑了起来，"是的，希望你以后想起我，不会觉得恶心……"

沉默，我站在花园中，她站在花朵中。

"对不起。"她说。

所有的女人都喜欢说这句话。

"嗯！"

"其实……"她又说，但没往下说。

其实什么？我想问，但我没敢问，因为我又看见了我最不愿看见的东西，我看见她的泪水，如决堤的洪水，滚滚而流。

"别这样，好吗？"

她摇摇头，没动，任泪水狂奔，然后，过了好一会，她哭泣着从包里掏出一条围裙挂在我脖子上。

"我织的第一条围巾……"

我想起那天的事，她说她要学织围巾。

"我回宿舍了……"泪水止住了，然后她慢慢向一边移动脚步。

我看着她的背影，慢慢飘过花园，飘进一楼，最后消失在楼梯口。她从来不乘电梯，她说她喜欢脚踏实地。

她消失在了楼梯口，连同她的内秀，她的含蕴、她的善良、她的不张扬……

"我想，有一天你会明白的……"她走开前，在哭泣中说。

2

我在梦中被高翔摇醒了，但开始没反应过来，待脑子清醒点儿了才想起他们要走了，于是从床上一跃而起。

"我们走了，"杨臻说，"真想再跟你干一杯！"

"是啊，"高翔也说，"祝你好运！"

两人说着往外走，我看他俩的东西早已不在宿舍了，愧疚之情涌上心头——怎么会睡过头，怎么没能帮帮他们？

"几点的车？"我追出去问。

"我俩想悄悄地走，她们可能还有一会，"高翔看着游兰那紧闭的门，"不想再打扰了，各走各的了！"

"嗯，"杨臻若有所思地点点头，"可惜美女刘不在了，不然，要跟她说一声啊。"

"我会替你转告她的，"我说，"一路走好！"

我们三人拥抱在了一起。

"代我向我的老师们问声好！"杨臻说。

"替我跟芮馨、周功和同学们说一声。"高翔说。

"一路走好！"我又说，"有好消息，记得通知一声。"

两人分别在我胸口上拍了一下，随后转身离去，我看着他们默默地出了宿舍楼。

我站在窗口看着两人坐上医院门口的的士缓缓离去，心里难过起来，我回到宿舍接了一盆水，把头埋了进去。

如果我是女人，一定会大哭一通。

一分钟后我抬起头来，拿毛巾揩干水珠，想往床上躺，又听到有人敲门。

"我要走了。"

打开门，游兰站在门外。

"走了？"我忽然有很多话，但说不出口，只能木然地点了点头，"走好！"

"嗯！那天晚上，不好意思……"

她低着头，搓着手心。

"真快！"

"是啊，"她抬起头看了我一眼，发觉我也在注视着她，忙又垂下头，"想想，还是来跟你说一声。"

"以后有什么打算……"

"以后？"她又抬起头来，平视着我，"先回学校，再找工作。"

"嗯……"

"不过，"她又说，"我会考虑你的建议，当村医。"

我侧过身子想让她进来，但她没有要进来的意思。

我回来坐到床上，抬头看见墙上的一幅梅竹图，想了想，摘了下来。

"你说你喜欢这幅画，送给你吧。"我一手递过画，一手握住她，又说，"一路走好！"

我看见她的眼皮努力地眨了眨，同时狼狈地吸了吸鼻子。

"拿着吧，"我又说，"画得不好，不过，这可能是我学生时代画的最后一幅画了。"

"嗯……"她狼狈地点了点头，又抹抹眼角，慢慢地伸出手来，之后就转身，迈出脚步。

"谢谢你！"我在她后面由衷地说。

"什么？"她没回头，问了两个字。

"真的谢谢你！"我又说，"谢谢你的大礼，保重！"

她又点了点头，但没回头，我以为她会哭出来，因为我也觉得异常哀伤，但她没有，她只是轻轻干咳了几下，然后我看见她在走廊的拐角处飞快地一闪，便再也看不见，那样的无声无息。

无声无息，思念的味道。

她曾经说。

3

现在，请允许我再怀念那位给了我深情厚礼的美丽女孩。

还记得在她们要走的一个半月前的一天，她邀我到成都站接她同学，可是我们在那里等了一天也没等到她同学，后来才知道，那全是她所谓"善意的谎言"。

那是我跟她单独相处时间最长的一天，我们从早到晚，天南海北地聊，她来自云南，那对于我来说还比较陌生的地方，但我想那里一定很美，那里，有彩云，有蓝天，有中国最多的民族，也有最纯朴的民风……

我告诉她，以后我一定要去云南住上一段时间，最少住半年，去感受那里的四季如春，感受那里的高山巍峨、小桥流水……

后来，我们不可避免的谈到以后，我给了她好多建议，她说她都会认真考虑。

然后我们聊到感情，她问我，这一年来最难舍的是什么？

我告诉她，最难舍的是潘芮馨，她很感激我没对她撒谎，然后我又由衷地对她说，我还不舍生命里给了我深情厚礼的女孩，我说这话前，她满脸的期待，我说完这话时，她眼眶红了，继之泪水流了下来。

那时我真的想给她一个拥抱，但还是忍住了。

天快黑时，我们打车回医院，在医院旁的教堂外，她站住不动了。

"你会去教堂吗？"她问我。

"偶尔会去。"我说。

"比如呢？"她问。

"心情不好的时候，很孤独的时候。"

"进去后就会好吗？"

"嗯。"

"其实，我经常去。"她说。

"只是今年。"她补充到。

我点了点头，想起几次看到她从教堂出来。

"要不要去坐坐？"她问我。

"关门了。"我说。

"我跟里面的人很熟。"

她说着去敲门。

不一会门被打开，是神父亲自开的门。

神父冲我们微微一笑，带着我们进了教堂。

"神父，我想忏悔。"她在神父后面轻声说。

神父回过头，怔怔地看了她一会，然后才默默地点了点头。

我们一同向忏悔室走去。

"孩子，请你告诉上帝，你因何而忏悔？"

"神父，我爱上一个人。"

神父有些惊讶，他轻轻抚摸着她的手："孩子，爱上一个人没有错，你是真的要忏悔吗？"

"是的，神父，我觉得自己有罪，我诚心向众生忏悔，向我所爱的人，我所伤害的人忏悔……"

神父一手抚摸着游兰的手，一手在胸前划了个十字。

"孩子，请你说出你的错。"

"我有罪，我爱上不该爱的人，我的这份爱，伤害了爱我的人，也因为我的这份爱，伤害了我所爱的人……"

"孩子，我们都曾犯错，只要诚心忏悔，终将得到宽恕。"

"我没有直接伤害任何人，但不少人因我而受伤，我们没了爱情，也最终没了友情……"

"我看到一颗澄明的心，孩子，如果爱让人受伤，如果爱上不该爱，那么，请放手吧，去追寻那窗外的阳光，那窗外的树苗，那青草，那万物生灵……去做一个积极向善之人，做一个寻求良心安稳的人。"

"我一直在努力，但是神父，您可知爱情如死之坚强，嫉恨如阴间之残忍，所发的电光，是火焰的电光，是耶和华的烈焰……"

"孩子，如果你真的认为不值得爱，那又何必苦苦纠缠呢？有时懂得放手，又何尝不是另一种爱？为最爱的人放手，你会得到福报，会得到善报的……"

夜幕降临的时候，我们出了教堂，她心情好像舒缓不少，一路还跟我有说有笑。

"其实，你真正算得上我的初恋。"她说。

我没搭话，其实在我心里，真正需要忏悔的是我，虽然我也常去教堂，但我从未去忏悔。

"怎么说呢，那种酸酸甜甜的感觉。"她又说。

"酸酸甜甜？"我站住，回头看着她。

"嗯，酸酸甜甜的感觉，那种滋味，美极了，初恋的味道，真的，美极了。"

这是我和她聊天最多的一天，也是我和她以最平常的心态做的最后一次交谈，在我实习的那一年，这更是和别人在一天之内谈话最多的一天。

她是我在实习那一年里唯一能让我真正敞开胸怀胡诌海侃的人，我们，能做最掏心的交流，而跟芮馨，快乐过后，可能忽然又要提心吊胆。

……

无声无息，就像思念味道，就是思念的方式，她曾经说。

思念一个人，就是无声无息。

游兰，就这样走了，带着我的一幅画，含着泪水，无声无息地走了。

"对不起！"

不知从什么时候开始，我也爱说这三个字了。

请收下我对你最衷心的祝福，答应我，让我为你祈祷，一直到老。

她曾经给我发过无数条短信，大多都情意绵绵，许多我至今都还记得，第一条也是我实习期间所收到的第一条朋友发给我的短信，那是在我生日的那天晚上，她转了一首小诗：

在古老单纯的时光里，一直/有一句话，没说完的话，像日里夜里的流水，是山上海上的月光，反复地来/反复地去，让我柔弱的心，始终在盼望/始终，找不到栖身的地方。

第二条是这样的：

> 我的思念犹如一轮明月，它倾泻着如水的深情，无论你走到天
涯海角，这轮明月都将永远追随你的身影——愿我的思念，能追随
你的脚步，直到天荒地老！
>
> ……

类似的还有很多，但大都被删除也被我忘记了，虽然这大多都是转
发过来的，但在很长一段时间里，我也一度被深深感动着。

看着忽然空荡荡的307宿舍，我心里不知在想些什么更不知该说些
什么，也许是无情的时光让一切都太快了，是呵，一年，仿佛就那么几
秒钟。对不起，真的，游兰，你说过，思念我，永远不朽，现在我也
说，作为朋友，我思念你也同样不朽！

在以后的一段时间里，我还零零碎碎地听到一些有关她的消息，听
说她真的回云南家乡当了村医，而杨臻在成都找到了工作，高翔如愿以
偿考上了大学。只是，这么多年里我们都没再相遇过。

而她那晚在教堂里说的那句源自《圣经》的话，多年来我经常
想起：

> 您可知爱情如死之坚强，嫉恨如阴间之残忍，所发的电光，是
火焰的电光，是耶和华的烈焰……

4

最先离开的，是中专卫校的那群小妹妹，是生机勃勃的高翔，是天天云里来雾里去的酒鬼杨臻，是像我喜欢芮馨那样喜欢着我的游兰。第二轮离开的，是那像游兰喜欢我一样让我喜欢着的潘芮馨。

芮馨走的时候我被一个肠穿孔的病人缠得满头大汗，所以她走得，就更是无声无息。

第三轮离开的，就是深深喜欢着一个人同时也被一个人深深喜欢着的我——有色心没色胆超级无敌自卑懦弱的无耻混账男人余文航，那是游兰离开后的一个月，芮馨离开的第二天。

我离开了成都，我带着赵婉玲，回了家乡的县医院。

在我离开的前一天，我又去了教堂，这次我诚心做了忏悔，我需要忏悔的地方太多了，对芮馨，对游兰，对美女刘，对痞子李，对我的家人、病人……

——还有对赵婉玲。

我的忏悔，可以写成几本书。

我离开了，带着一个对我和未来都是未知的天真女孩，离开了。

我走得，也同样无声无息。

就如同姓徐那小子写的小诗：

悄悄的我走了，正如我悄悄的来；

我挥一挥衣袖，不带走一片云彩。

但，我和芮馨的故事，仿佛永远也讲不完。

二十三

　　我站起身来走到墓碑前，在那里留下最后的深情一吻，然后，我告别了她，跌跌撞撞地往前走，离去很远，我又回头看了看她，我忽然记起我跟她第一次在网吧看的那部电影——《西伯利亚的理发师》。

1

一辆车，一个简单的旅行包，还有漫天风雪。

漫天风雪，灰色世界。

一幢灰色的楼，两幢灰色的楼，一连串灰色的楼。

芮馨，一直是我生命中最敏感脆弱的那根弦，虽然那五年，我们的关系一直那样的若即若离，那是一段很平和的日子。但是五年来，我总会回忆起那段日子，它也是我生命中最值得留恋的时光，虽然没有多少欢乐，但仍让我爱过哭过在乎过，所以我可以骄傲地说，我也爱过，我也痛过，我也恨过，我也哭过，我什么都有过了，虽没最后拥有，但说句心里话，我没后悔过。

车子终于停在了W市，我伸了伸懒腰，跨出车门。

好不容易跨出车门，我没打伞，忽然想起五年前，同样在成都，同样在下雪天，我也时常不打伞。

雪花打在身上，感觉真的很好。

但没有风，更不会有雷。

雪忽然大了，我只得又回到车上，头顶挂着一张芮馨的照片，那是她和家人去大理时在明珠广场照的。她站在花丛中，她总是跟花为伴，那花是雪白的，她也是雪白的，她的眼神有点忧郁。

"你别给我这照片，"我说，"这么苍白，不是好兆头。"

五年前我这样跟她开玩笑，没想到不幸被我说中了。

"别分梨吃，分离，不好。"

也是我说的，也被我说中了。

我是只乌鸦，所以我有张乌鸦的臭嘴。

她只是笑，看着我笑，我真傻，也太天真。

"我们以后会分开吗？"

"你说呢？"

"我们别分开，好吗？永远也不要分开。"

"为什么呢？"

"我离不开你了。"

"是真的吗？你经常这样跟人说……"

"我——"

"说呀。"

"嗯，你走了，我饿的时候谁给我吃的？我病了，谁给我买药？我难过，还有谁会安慰我？我不回来，还有谁会为我牵挂……"

"你——"

"芮馨，我们别分开，好吗？"

"你——"嘴角动了动，想说点什么，但最终没说出，背过身去，好一阵沉默无语。

"别走，芮馨，真的，我离不开你……"

"文航！"

"芮馨，别走，别离开我，我的生命，不能没有你，我一切的一切，不能没有你，芮馨……"

"文航！"

这是我吻她那晚上我们的对话，那是唯一属于我们的美好时光，那晚上我吻了她，我唯一一次牵她手，我唯一一次吻她。

我把车载广播调到音乐频率，里面传出一首20世纪90年代的情歌。

　　……看着你的背影消失在街头/泪水在眼角等候/我不知道该怎样面对自己/从今后一个人走/情到深处总是有太多难过/是否爱情的规则/也许天长地久只是痴人说梦/根本从来没人曾拥有……

这是她最喜欢的一首歌，她曾说，这首歌很好，是一首充满惆怅的诗，我说，歌就是诗，诗就是歌。后来我也喜欢这首歌了。

我把音量调到最大，周围的宇宙即刻充满惆怅。

2

后来，我回了我们县医院。

两年前，我和赵婉玲结了婚，她对我好到无以复加。

三天前，我对她说，我要来看看芮馨。

"你去吧，"她说，"我也深爱过，所以我能理解你。"

今天早上，我来到成都，来到五年前实习的医院，找到痞子李和作家陈，两人都没有芮馨的联系方式，但作家陈建议我先找美女刘。

听到美女刘的消息，我感慨万端，惆怅万分，在此之前，我从不敢奢望能找到美女刘。

我顺着作家陈给我的地址，很快就找到了美女刘在 w 市供职的医院。

不一会，我坐在了美女刘的对面。

再次见面时，我们没有拥抱，但我们都哭了，我忍住了泪，但她没有忍住泪水，哭得像个孩子一般。

"儿子一岁了，"过了好一会，她缓缓地说，"我们都很好，老公对我也很好。"

"有杨臻的消息没？他离开那天哭着找你。"

"哦，"她垂下脑袋，"没有，感谢他们……"

"这就是你儿子吗？"我指着压在她办公桌玻璃下的几张照片问她。

"是的，"她抬起头，我看见她眼中幸福的光芒，"是的，像他爸。"

"给我一张吧。"

她从玻璃下抽出一张来交给我，小家伙坐在澡盆里，把胖胖的小手含在嘴里，看着我笑个不停。

"对了，有芮馨的消息吗？"

"……"

"你遇到过她吗？"

她没立刻回答我的问话，这时有三个妇女看病来了。

"你先在门口等等我。"

我坐在门口等她，这是功能科门诊，此时病人不多，几个大肚子女人缓缓地在走廊里走动。

"都没尿吗？"我听见她在里面问，"没尿不能做检查，去喝些水，多憋一会再来，好吗？"过了一会那几个人走了出来。

"文航你进来。"她在里面喊。

我走进去，见她脸色有点不对，同时她还把身子往那B超检测仪上靠。

"怎么了？"我问她。

　　"快两年前的事了，"她说着，打开胸前的抽屉，从里面拿出一本蓝色的笔记本，"这是她要我交给你的日记本，她说你一定会来找她……"

　　之后，她缓缓地，一字一字地给我讲芮馨两年前发生的事。

3

　　芮馨再一次发烧，是在实习结束离开医院后的半个月，那次起病很急，一开始是高热不退，浑身无力，伴有全身疼痛，那天她来我们医院做检查，我去看过她，她说没事，吃点药休息一阵就好了，我当时也没太在意，心想她可能只是找工作太累的缘故。

　　后来真的就好了，我也以为只是一次普通的发烧而已，可是，后来——可能是半年多吧，我都快把那件事给忘记了，有一天她又来了，这次是由她家人陪着来的，而且，病情比前一次重多了，不但有上面的那些症状，还有呼吸道的严重感染，她还是告诉我说没事，就一次严重的感冒而已。其实她一直在向我隐瞒病情，她早就知道，她得的是粒细胞缺乏症，那次，她住的时间比较长，可能有半个多月，这半个多月她还一直坚持写书，她最后那本书，就是在那段时间完成的。

　　半个月后她康复出院了，凭着职业的敏感，说实话我开始怀疑她的病不会像她说的那样简单，我问了她的主管医生，那人也一直跟我说，只是感冒发烧而已，但我一直相信自己的感觉是对的。

此后的一年半里，我没再见过她，但后来我在同事那里知道，其实这段时间她一直在断断续续地住院。

两年前的一天，我到血液科为我一位同事的母亲做急诊床旁B超，在经过一间敞开着门的病房时，我看到躺在里面的那人很像芮馨，于是我走了进去，真的是她，我才知道她得的是什么病。

后来，只要我一有时间就去陪她，她的病情很糟糕，高热不退，全身发冷，还并发了急性肺炎、急性咽炎，有时话说不上两句就会咳个不停，而只要一咳嗽，全身肌肉被牵拉，她又痛苦不已。

又过了几天，她全身开始发黄，我知道她快不行了，但她还是每天坚持写日记，写书。

她去世的那天，我刚从外地出差回来，我还没回到家，同事就打电话给我，说我的那位朋友走了，我急急忙忙赶到医院，她静静地躺在太平间，身上的那块白布掉到地上，我才突然发现，她不知在什么时候变得又瘦又小……

"……这日记本，是在她死之前的几天交给我的，她说你一定会来看她，但是，很遗憾，她没能等到你。"

4

雪地里，一小堆黄土，一块静立的石碑。

美女刘给她烧了点纸，我献上一束百合花。

"你走吧，"过了好一会，我对美女刘说，"我想一个人陪她待一会儿。"

美女刘把伞放在我的头顶上，默默离去。

我坐在潮湿的雪地里，打开那日记本。

……

2001年5月5日，晴

离我们毕业还有一个月，而明天，游兰她们就要走了。早上我把文航邀了出来，本来，我是想要告诉他我是多么爱他，但不知为什么，我说出的那句话却是"做最好的朋友吧"，说出这句话时，连自己都吃了一惊，但我很快呼出一口气，我想，他一定会问我为什么，然后，他会跟我争吵上半天，并最终使我改口。

但是，他的反应是那样的出我意料，他说"嗯……"

然后，我哭了，我知道，我们真的错过了，我和他真的不可能了。

昨天，我偷偷溜进姨妈的办公室，翻开我那被她藏得很紧的病历，我从那里知道，我得了粒细胞缺乏症，我的脑袋即刻就"轰"的一声炸开来，我想，我的日子不会多了。今天早上，我从姨妈家跑了出来，我很想让文航知道，我现在得了多么严重的病，然后，他就会来安慰我，就会照顾我，像我以前对他一样，可是，我总是说不出口。

唉，怎么会这样呢，我多么希望，那份病历上写的，不是我。

……

2002年3月8日，晴

今天接到杨雪的电话，她告诉我，她在成都远远见到文航，他跟曾经照顾过他的那位护士在一起。

晚上感觉有点不舒服，不会是我的病又犯了吧，怎么办呢？我的小说到最关键的时刻了。

2002年3月9日，阴

我现在在医院里，刚才刘医生（美女刘）来看过我，这是我们分别半年多后的又一次见面，记得以前在实习医院，文航告诉我这人死了，而刚才她实实在在地站在我面前，我真不敢相信，难道生命真是一场玩笑么？

　　早上我跟医生描述了我的病情，医生给我做咽拭子，给我用了几组抗生素，还用了氢化可的松。

　　……

2003年6月11日，雨

　　跟文航分别两年了，不知道他过得怎么样，他跟那护士结婚了吗？他还好吗？我记得，当初是我骗了他，如果我那时跟他说实话，告诉他我多么需要他，他一定会照顾我的，我也相信他是真心爱我的，他那么善良那么多情，可惜，直到现在他都还不知道我的病，我真后悔，我活得很累，我为什么要骗他呢，唉。

　　……

2004年12月31日，雪

　　明天就是元旦了，孩子们换上了新装，我的主管医生脸上挂满笑容。

　　雪下得很大，以前文航最喜欢下雪了，他还喜欢溜冰，可惜这里还没有结冰，这里好像从来没结过冰，雪下得很大，可气温却不太低，妈妈告诉我，是零上4度。

　　我早上又发了一次烧，好像是到了42度吧，我也记不清楚了，之后医生给我用了退烧药，有一段时间我冷得全身发抖，同时全身又不停地冒汗，刘医生又从她家里给我抱了条被子来，可还是不管用。

　　最近我时常感到下腹疼，我想，是肝在作怪，我知道我快不行了，文航去了哪里呢？为什么不来看我，你说过要陪我去西伯西亚，难道真要我等你五年么……

2005年1月2日，雪

今天的状况比昨天还糟糕。

亲爱的文航，我觉得自己已经挺不下去了，虽然没有等到你，但我从没怪你，我从未怀疑你对我的真诚，对我的情感。记得在哪本书上看到过，说人世6000年一个轮回，那么，就让我等你6000年，6000年后，我们一定在一起。

文航，我要告诉你，在现在的这个轮回里，我从未后悔，在我最美的年华遇见你！

……

日记就写到2005年的1月2日了，我哭干泪眼，给美女刘打电话，问她，你记得芮馨是哪天走的吗？她在那边想了想，说，是1月4日。

不知什么时候，我发觉自己跪倒在芮馨的墓前，头上的伞，也不知被风吹向了何方，而她留给我的那本日记本，早被泪水淋湿了，我把它合起来揣入怀中，我感到心脏在胸口里飞快地碎裂开去……

天黑了，雪还没有停，我站了起来，我想，我该跟她说再见了。

我走到墓碑前，在那里留下最后的深情一吻。

亲爱的，等来世，我们再见！

人世6000年一轮回，我愿意等你！

我告别了她，跌跌撞撞地往前走，离去了很远，我又回头看了看她，我忽然记起跟她第一次在网吧看的那部电影——《西伯利亚的理发师》，我觉得自己好像影片里的安德烈，五年前还是少年的我对自己所爱的人的那份爱，是那样的清纯，像是一杯清澈见底的水。还像《花样年华》里的男主角，一样爱得单纯和最终失去，在花样的年华里，我也失去了她，只是，芮馨，曾在原地痴痴地观望过。